公主傳奇 28

·曉星貓的大冒險·

馬翠蘿 著

新雅文化事業有限公司
www.sunya.com.hk

人物簡介

周曉星

周曉晴的弟弟，一個風趣幽默的淘氣精，不時有天馬行空的奇怪想法。

馬小嵐

來自香港的烏莎努爾公主，聰明美麗、正直善良。敢於向困難挑戰，最喜歡說的話是「天下事難不倒馬小嵐」。

萬卡

烏莎努爾公國第十九代國王，風度翩翩、英勇果敢。是國民眼中的好君王，小嵐和曉晴曉星心目中的暖心大哥哥。

周曉晴

馬小嵐的好朋友，漂亮活潑，喜歡打扮，最常做的事是和弟弟鬥氣。

目錄

第一章
一張請柬引來的大禍

唉——小嵐歎了一口氣。

唉——小嵐又歎了一口氣。

唉——小嵐又又歎了一口氣。

怎麼啦？幸福的小公主，天下事難不倒的馬小嵐，遇到什麼不順心的事了？

小嵐兩眼直瞪瞪地看着手裏的信封，信封裏面有一張裝幀精美的邀請卡，那是出席五年一次的世界福爾摩斯刑偵交流大會的請柬。今年的主辦國是朱地國。

五年才舉辦一次的刑偵交流大會啊，能聽到許多驚險刺激的案例，能學到許多書本裏學不到的破案手法，能見到許多偵探界的大BOSS……

這是小嵐期待已久的一次盛會。上一次舉辦時，小嵐還是個小不點，根本沒資格參加，今次好不容易

接到請束了，卻又⋯⋯

交流大會的時間，剛好小嵐要跟隨萬卡國王出國訪問，那是半年前就已經定了的事，有關新聞公告也已經向全世界發布，無法更改。

唉，小嵐又又又又歎了一口氣，只能忍痛割愛，便宜曉星那小屁孩了。「曉星！」小嵐看向不遠處逗小豬笨笨玩的那個傢伙，喊道。

「來了來了！」曉星蹭蹭蹭跑過來，「小嵐姐姐有什麼事？」

小嵐把請束從信封裏拿出來，遞給曉星：「世界福爾摩斯刑偵交流大會，你代表我去參加吧！」

「什麼?!」曉星跳了起來，「你説的是真的？你真的讓我去參加交流大會呀？」

「廢話少説，拿着！」小嵐不耐煩地把請束塞到曉星手裏。

「哇，天上掉下炸雞腿，發達囉！沒想到我會有這麼一個奇妙的暑假！」曉星高興得吻了一下請束，又對小嵐來了一個誇張的九十度鞠躬，「謝謝小嵐姐姐！」

「走吧走吧，在我改變主意之前離開我的視線。」小嵐痛心疾首地揮了揮手。

「遵命！」曉星一溜煙跑了。

其實他也真是怕小嵐改變主意，把請柬搶回去呢！

「注意安全，別給我闖禍！」小嵐衝他背影喊了一句。

「知道了！」隱約聽到的回答。

這一刻，他們都不知道自己的決定會產生什麼後果，如果知道的話，小嵐寧願把請柬扔進月影湖裏，也不把它交給曉星。可惜，人沒有預知未來的能力。

今晚注定是一個不平靜的夜晚，小嵐拿着空信封嗟歎了一夜，曉星看着請柬興奮了一夜，曉晴為小嵐不把請柬給她幽怨了一夜。

第二天一早，曉星趁着姐姐還沒有起牀，服侍他的宮女姐姐也都還在夢中，一個人拖着旅行箱悄悄出了宮，直奔機場而去。

幹嘛這麼鬼祟？為了無拘無束唄。因為不放心他一個人出國，萬卡哥哥硬是派了兩名男保鏢、兩名女

助理陪同前去。但曉星寶寶不願意啊，難得有一次海闊天空任鳥飛，想怎麼瘋就怎麼瘋，想怎麼玩就怎麼玩，哪肯讓四個大人約束自己，於是就有了曉星悄悄離開這一幕。

就這樣，曉星一個人踏上旅途，帶着滿心的歡喜來到了風光綺旎的朱地國。他根本沒有想到，等着他的是一場怎樣的劫難。

找到會議訂下的酒店，在接待處出示請柬，熱情有禮的職員馬上接過行李，把曉星帶到大會預先分配好的房間。職員又耐心地把酒店及房間各設施介紹了一次，包括在哪裏進餐，房間的電話怎樣打出，冷氣和洗澡水怎樣調校，咖啡壺使用方法等等，態度非常好，令客人有賓至如歸的感覺。

職員走後，曉星把自己扔到了那張又大又軟的牀上，然後在上面滾來滾去，心情真是愉悅極了。兩天之後，就可以見到全世界許多最厲害最了不起的偵探大師，可以以世界福爾摩斯刑偵交流大會參加者身份發朋友圈吹牛皮，曉星興奮得一邊滾一邊唱起他很喜歡的一首動畫片主題曲《我是一隻羊》：

「喜羊羊，美羊羊，懶羊羊，沸羊羊，

慢羊羊，軟綿綿，紅太狼，灰太狼。

別看我只是一隻羊，

綠草因為我變得更香，

天空因為我變得更藍，

白雲因為我變得柔軟……」

一陣手機鈴聲響起，曉星趕緊接了電話：「喂喂……」

「你這個壞小孩……」高八度的女聲，嚇得曉星差點把手機扔了。

是野蠻姊姊曉晴的聲音。

「我來我來。」電話那頭傳來小嵐的說話聲，「曉星小壞蛋，你很好，你真的很好。竟然自己一個人去了朱地國，早知道就不把請柬給你！」

「我錯了，我大大的錯了，小嵐姐姐請別生氣哦！」曉星趕緊認錯，因為他知道一認錯小嵐姐姐就會心軟的。

果然，小嵐聲音沒那麼嚴厲了：「臭小孩，回來再懲罰你。一個人在那邊要小心……」

「是，是，是……」也不管對方不會看見，曉星仍然一邊說一邊使勁點頭，態度簡直沒有更好了。

「每天晚上發訊息報平安，少了一次就派人去把你抓回來……」

「好，好，好……」

小嵐說完，曉晴又接過電話繼續說，呱啦呱啦、叭啦叭啦、嘰嘰喳喳……後來還是看在曉星態度誠懇才住了嘴，掛上電話。

「唉，終於逃過大難了。」曉星仰面朝天躺在牀上，感覺比經歷了一次長跑還累。

真是「生命中不能承受的嘮叨」啊！

曉星肚子不爭氣地響了兩下，才想起該是吃飯的時候了。

曉星爬起來，按職員姐姐教的去撥號叫晚餐。旅途很累，被姊姊嘮叨更累，得補充能量，於是，曉星點了比平常多一倍的食物——

開胃菜點了鵝肝凍、焗蝸牛；湯嘛，南瓜湯好了；蔬菜料理要了一個奶汁焗花菜，另外還叫了奶焗龍蝦、香檳醬淋牛肉卷；飯類來個雞肝燴飯好了；飯

後甜點？嗯，焦糖布丁，蘋果薄餅，霜淇淋。

相信讀者看着都覺得肚子脹，曉星，你吃得完嗎？

不過每款分量都不多，對大胃王曉星來說不在話下。而實際上，食物都統統裝進他的肚子裏了。

吃飽喝足，曉星拿着手機玩了一會兒遊戲，突然想起會議開始後活動肯定很豐富，很可能沒時間發訊息，還是一口氣把訊息寫完，設定發出時間，每天晚上發一條。這樣就可以讓哥哥姐姐們放心，而自己也不用天天惦記着發訊息的事情了。

於是，曉星手指靈活地寫了很多條簡單的訊息，又設定了每條發出時間，然後把手機往牀上一扔，嘿，大功告成！

曉星打了一個大大的呵欠，覺得有點睏，看看牆上掛鐘，才九點呢。嗯，還是洗洗睡吧！正式會議後天才開始，明天早點起來去外面走走，領略一下異國風情……

第二章

變成一隻貓

牆上掛鐘顯示着晚上十點，躺在牀上的曉星已經熟睡了。偶爾砸砸嘴，也許是夢中還回味着那頓美味的晚餐。

睡得很香的他完全不知道，一場危險正悄悄逼近。

樓下大堂走進了兩名長相英俊的男青年，他們走到接待櫃檯，溫文有禮地跟酒店女職員對話。

「美麗的小姐，能向你打聽一件事嗎？」青年甲彬彬有禮地問道。

好話人人都愛聽，女職員心裏甜滋滋的，溫柔地回應：「不用客氣，請說。」

青年乙微笑着說：「請問來參加刑偵大會的烏莎努爾代表入住了嗎？」

「請稍等。」女職員翻了一下住客登記冊，然後

回答，「到了。請問你們是他的……」

兩青年異口同聲説：「我們是朋友。」

女職員點點頭：「客人住在二十樓，2020房間。」

青年甲問：「我們可以上去看朋友嗎？」

按規定，職員要打電話上房間，跟住客確認一下來訪人身分的，但人家這麼客氣，還叫自己漂亮小姐，所以女職員決定給予方便。她點點頭：「當然可以。你們登記一下名字就可以進去。」

兩人在女職員出示的訪客登記簿上寫下了自己的名字，女職員看到，青年甲名叫非天，青年乙叫敦棣。女職員心想，人帥，就連名字也特別啊！

非天、敦棣向女職員表示謝意，然後朝電梯走去。隨着電梯關上，兩人臉上的溫文不見了，代替的是警惕和冷漠。

「叮！」電梯在二十樓停下，兩人走了出去，鬼鬼祟祟地朝兩邊張望，走道上靜悄悄的，一個人也沒有。兩人互相看了一眼，點點頭，情況良好，可以開始計劃。

他們順利地找到2020號房間，非天把耳朵貼在門上聽了一會兒，沒聽到裏面有聲音，裏面的人應該睡了。於是從口袋掏出一根鐵絲，在鑰匙孔裏戳了幾下，然後一扭，門開了。

兩人迅速走進了房間，又輕輕地把門帶上了。

房間裏很黑，厚重的窗簾擋住了外面五光十色的霓虹燈，兩人站了一會兒才適應了黑暗。依稀見到房間內的情景，看到牀上有人蓋着一張被子，一動不動的看來是睡了。

敦棣說：「這麼大一個人，帶出酒店目標太大了。被人發現怎麼辦！」

「我早有準備。」非天說完，從口袋裏拿出一個小瓶子。

「這是什麼？」敦棣問。

非天得意地說：「變異噴霧。實驗室那班科學怪人剛研究出來的，只此一瓶，我去偷來了。把噴霧噴臉上，可以把人變成動物。」

敦棣大吃一驚：「難道你想把人變成動物帶走？這辦法好是好，但回去怎麼跟大王交待。大王是吩咐

我們把人帶回去，用來威脅被幽禁的女王夫婦，讓他們屈服的。」

「笨蛋，回到蔚藍星球，再把她變回人就行了。」非天說着，摸摸腦袋，「變成什麼好呢？」

敦棣想了想說：「嗯，變成貓好了，不惹人注意。」

非天點點頭，走近牀邊，把小瓶子朝牀上人的臉部一噴……

怪異的事情發生了，牀上的被子在迅速下陷，被子蓋着的人迅速變小，縮呀縮呀變成了小小的一團。

「成了成了，這變異噴霧果然奇妙！」敦棣驚訝地說。他又問：「那你知道怎麼讓貓恢復人身嗎？」

非天得意地說：「我早打聽清楚了。實驗室那班科學怪人喜歡看動畫片《喜羊羊與灰太郎》，所以設定了恢復密碼，就是唱這部動畫片裏的一首歌：《我是一隻羊》。」

「哦，這個容易，我也會唱這首歌。」敦棣又擔心地說，「等下我們帶着她出去，她會喊叫嗎？叫起來我們會有麻煩。」

「不會的。變異噴霧裏含有迷藥，起碼七八個小時不會醒來。」非天看了看手機上的時間，「我們該走了。來，把她拎進你的背囊裏。」

非天又走到書桌前，拿了一枝筆寫了一張字條，內容大意是：我是住2020房間的客人，臨時有急事回國，無法參加會議了，謝謝接待等等。寫好後，他把字條放在桌子上。

「走！」非天拉着曉星放在房間一角的旅行箱，打開房門，走了出去。敦棣背着背囊跟在後面，也走出了房間。

他們坐電梯下到大堂，之前接待他們的幾名職員已經不見了，應該是換班了。剛上班的幾個人，見了非天和敦棣，以為他們是住在酒店的客人，微笑着朝兩人點了點頭，說了聲：「慢走。」

這裏的機場通宵運作，所以常有客人晚上甚至半夜離開酒店去機場，所以職員對拖着旅行箱離開的客人，絲毫不覺得有什麼問題。

非天和敦棣作完案後，就這樣大模大樣地離開了酒店。

出了酒店，非天去停車場把一輛敞篷跑車開了出來，敦棣坐上後，便上路了。

敦棣問：「飛行器什麼時候來接？」

非天全神貫注地開着車，答道：「零時零分，在之前降落的地方接我們。」

「那現在開車去正好，時間差不多。」敦棣看了看手錶，說。

經過一處垃圾場，非天停下車，把曉星的旅行箱拿下來，扔進了那小山般的垃圾裏，然後又開車了。

車子走了大約半小時，突然，非天喊了一聲「糟糕」，來了個緊急煞車，車子「嘎」地一聲停住了。

「我的天！」非天驚魂稍定，才發現自己剛剛差點撞到人了。

離車頭僅幾呎處，有兩個十七八歲的小伙子正傻愣愣地看着他們。

敦棣猝不及防，頭撞到前面擋風玻璃上，疼得他齜牙咧嘴。他見到前面兩個行人，以為非天是為了避他們而煞車，便大罵：「不長眼的東西，找死嗎！」

那兩個人好好地走路，不但差點被撞到，還被人

罵，只是見到敦棣一副兇相，不敢出聲，急忙走了。

「是車子出了問題，我才緊急煞車的，不關那兩個人事。」非天見到敦棣罵罵咧咧的，皺着眉頭說，「好了，別罵了。我下車看看。」

一會兒，他大聲說：「敦棣你下車來幫幫我，前輪車胎爆了，得換一個。」

「哦！」敦棣應了一聲，把背囊放在座位上，下車了。

兩人手忙腳亂地忙着換車胎，沒發現剛才那兩個行人沒有離開，而是躲到路邊一棵樹的後面。這兩人本來就是街上吊兒郎當、唯恐天下不亂的小流氓，差點被撞到還被罵，早已一肚子氣，所以他們並沒有離開，而是躲起來想找機會報復。等了一會兒，他們發現車上的兩個人都下了車換車胎。

其中一個個子高點的小流氓，指指敦棣放在車上的背囊，說：「我去把那背囊偷了。哼哼，給他們點教訓。」

小流氓說完，悄悄接近跑車，趁那兩人埋頭埋腦換輪子，抓起背囊就跑。

兩人跑了幾條街，見到沒有人追上來，才停住了。

　　高個子打開背囊説：「看看袋裏有些什麼！」

　　另一個矮點的伸手一摸，摸了一手毛，不禁驚叫一聲：「媽呀！什麼東西呀？軟軟的。」

　　高個子膽子大點：「我看看！」説完把手機的電筒功能打開，照了照敞開的背囊。

　　咦，一隻黃色的貓？！

　　矮個子很洩氣：「倒楣，還以為有什麼值錢東西呢！竟然是一隻沒用的貓。」

　　「這傢伙睡得真死，要不是身上是暖的，還以為死掉了呢！」高個子摸摸那貓，貓一動不動的，「也不是沒用的。不是有人專門收購貓嗎？把這貓賣給他們。雖然錢不多，但也夠吃頓早餐。」

　　矮個子説：「也好，現在就去賣，省得帶回家麻煩。」

　　高個子説：「好，走吧，免得那兩傢伙追來就麻煩了。」

第三章

貓貓大逃亡

「喵～～」

「喵喵～～」

「喵喵喵～～」

大清早曉星被貓叫聲吵醒了。叫的還不只一隻貓。

好奇怪哦，這酒店怎麼養了這麼多貓。

眼睛睏得睜不開了，他用手擦擦眼睛。咦，感覺有點不對啊！這手……

他半睜開眼睛，就着晨光看了看。腦子裏「轟」的一聲，啊，天哪，自己那五根白晰細長的手指哪去了，怎麼變成了爪子，還是有毛的爪子！再看看身上，一身黃色的短毛，四隻毛茸茸的腳，後面一條細長的尾巴——分明是一隻貓！

再沒比這更驚悚的事了，自己竟變成了一隻貓！

曉星頓時方寸大亂，怎麼會這樣？發生什麼事了？回想昨晚睡覺時，自己還是那個英俊瀟灑玉樹臨風的曉星公子呀！

　　腦子裏一個聲音在叫着：回家，找小嵐姐姐！他拔腿就跑，可是卻砰的一聲撞到一道鐵網上，他頓時暈了一暈，跌倒地上。

　　當他定下神來，馬上發現了一件更可怕的事——自己並不是在那個舒適的酒店房間，也不是在那張又大又軟的牀上，而是身在一間倉庫模樣的屋子裏，被關在一個小小的鐵籠子。在他周圍，還有很多大大小小的關着貓的鐵籠子。

　　我害怕，我想回家！小嵐姐姐，曉晴姊姊，救我！

　　曉星嚇得渾身發抖，他想大叫，於是，他喊了一聲——喵嗚～～啊，自己連人話也不能說了。

　　「嗚嗚嗚……」曉星低聲哀叫着，可憐極了。

　　突然聽到門外有汽車停下的聲音，接着聽到越來越近的說話聲。有人來了！曉星急忙抬頭看，只見一男一女兩個人推門走了進來。曉星很高興，急忙大

叫：「救我，救我！」只是很可惜發出的聲音是「噢嗚……噢嗚……」

曉星這麼一叫，剛剛停下來的貓叫聲又響起來了，整間屋子裏都是「喵喵喵」、「噢嗚噢嗚」……

「吵死了！」女人一臉的厭惡，「阿來，悦南國來運貓的貨車幾點鐘到？這批貓困得太久了，從最早送來的那十幾隻算起，都快二十天了吧！」

「詹妮，你別着急。」那個叫阿來的男人説：「剛通過電話，兩個小時後到。」

「哦。」詹妮點點頭，又説：「真不明白，悦南國的人為什麼這樣喜歡吃貓肉。聽説他們每年大約要吃四百萬隻貓。」

阿來説：「是呀，貓肉在他們國家是最美味的佳餚，貓都快讓他們吃絕種了，所以要到別的國家買。」

「今次這批貓能掙多少錢？」詹妮問。

阿來得意地説：「有五十多萬。貓大多是偷來的，不用本錢；小部分是從一些小流氓手裏買的，也很便宜。本小利大的生意呢！」

「太好了，這錢真好掙。」詹妮很貪婪，「我們再幹幾年，就成千萬富翁了，哈哈哈！」

阿來說：「趕快點點貓數吧，點完咱們去吃早餐，然後再把第二倉庫的貓帶過來，那悅南國的貨車也差不多到了。」

曉星嚇得渾身發抖，原來變成貓還不是最可怕，最可怕的他快要成為悅南人餐桌上的美食了。

那兩個人點了一下貓的數目，然後離開了。不知過了多久，曉星才從極度的恐懼中清醒過來。得想辦法逃走，然後想辦法回烏莎努爾。一個人要學會堅強。哦不，現在是一隻貓要學會堅強了。喵嗚！

曉星觀察了一下關着自己的鐵籠子，見到有個小門，一根小拇指般粗的鐵插銷，把小門從外面鎖住。

他從鐵絲籠子的格子伸出爪子，去撥那插銷，平時輕輕一拉就可以拉開的插銷，這時他撥了一次又一次，手都痠了，都沒能把插銷撥動。

撥着撥着，他突然打了個顫，抬頭張望，才發現自己被許多雙閃閃發光的眼睛死死盯着。顯然，牠們都明白曉星在幹什麼。

曉星沒功夫理牠們，又伸手去撥，一下，兩下，三下……噢嗚，終於把插銷撥動了。就這樣，一點一點的，啪的一聲，終於把插銷撥開，小門也隨即打開了。成功了，曉星歡呼着，喵喵叫着跑出了籠子。

其他貓立時全都眼冒綠光地看着那隻會打開籠子的超級貓，嚎叫着，蹦跳着，希望引起他注意，希望他來救自己一命。

曉星沒理牠們，他抬頭四處觀察着，看可以怎樣從這屋子逃出去，因為大門是關着的。

這顯然是一間用來存放貨品的倉庫，為防小偷，所以四面完全沒有窗子。曉星沒有放棄，繼續抬起頭來看着、找着。咦，屋子上方有個用來通風的直徑約二十多厘米的圓形窗口，雖然不大，但一隻貓應該可以通過了。只是……窗子離地面太高了，以一隻貓的力量，真沒可能跳上去。

要找梯子，或者找椅子、桌子等東西做中轉，但顯然倉庫裏沒有這些東西。一千多呎的屋子裏，除了貓就是關貓的用鐵絲繞成的籠子。

籠子！曉星眼睛一亮，視線落在一個一米見方的

正方型籠子上。這籠子可用！可以先爬上籠子的頂部，再從那裏跳上窗子。不過，首先要把籠子推到窗子下面。

那個籠子離窗子這邊距離十來米，以自己一貓之力，無法把它推過來。貓多力量大，唯有大家一起推了。但那些只會嗷嗷叫的傢伙，不知可不可以做到。

也只能試試了。曉星於是向那個籠子走去。大籠子裏放了起碼二十多隻貓，見到曉星朝牠們走去，激動極了，牠們喵喵叫着，有的還把貓爪從鐵絲格子中往外面伸，像招財貓一樣向曉星招手。

而其他籠子的貓見到，都又急又妒忌，一隻隻仰着脖子叫着，提醒曉星別忘了他們。

曉星氣定神閒地走近大籠子，伸出手去撥插銷。在籠子外面做這事，比在籠子裏有利多了，只撥了幾下，插銷就動了，門很快被打開。

貓們爭先恐後跑了出來，然後又慌不擇路地在屋子裏瘋跑，尋找能逃命的出口。

也有貓發現了牆上的窗口，往窗口撲去，但都因為窗口太高夠不着。

這時還被關在籠子裏的貓嚎叫得更厲害了，見到有貓被救，但那隻超級貓好像沒有繼續打開籠子的意思，牠們都急了。大家都是貓好不好，別那麼偏心嘛！

曉星沒理牠們，他在等，等那些滿屋子找出口的蠢傢伙走投無路時再來求他。

果然，過了一會兒，那些到處碰壁的傢伙知道出不去了，於是一隻隻跑了過來，朝那隻很厲害的超級貓有氣無力地叫着，請求幫助。

曉星朝牠們看了一眼，又喵了一聲，讓牠們跟着自己做，然後繞到那個空籠子後面，用手拍拍籠子，作出使勁推的動作。他忘了自己只是一隻貓，所以推的動作猛了一點，頓時一個趔趄，滾倒在地。

還真的有幾隻聰明的貓明白了曉星的暗示，知道是叫他們照着做。於是也過來推一下籠子，然後滾倒在地。其他不那麼聰明的貓雖然收不到暗示，但覺得跟着超級貓做錯不了，便也紛紛過來推籠子、滾地。

曉星睜大雙貓眼哭笑不得，這些傢伙真是蠢死了！

「喵！」曉星大叫一聲，又繞到籠子後面，作出推籠子的動作。

那幾隻聰明貓馬上跑過去，擠在曉星身邊推籠子，其他不那麼聰明的貓也一隻接一隻加入了。但也有幾隻貓覺得還是逃命要緊，於是繼續撲牆的撲牆，瘋跑的瘋跑。

很快，倉庫裏出現了一個很奇特的場面，十多二十隻貓用前爪推着鐵絲籠子，曉星本來想喊着口令讓大家一齊使勁，可惜喊出來只是「喵、喵、喵」，不過曉星沒想到這聲音竟然也起了作用，那些貓竟然也跟着「喵、喵、喵」在一下一下地使勁。貓多力量大，籠子竟然被推動了，一步，兩步，三步……

儘管過程中有的貓偷懶賴在地上撓癢癢，有的貓不小心跌倒了便躺着裝死，還有的貓見到小飛蟲便只顧去撲，但大多數貓還是能堅持到底，直到把籠子推到了窗子下面。

這下子，幾乎所有貓都知道曉星推籠子的用意了，一隻大黑貓率先行動，牠利索地抓着鐵絲格子爬到籠子頂上，又再往上一縱，跳上了窗子。牠伸出貓

頭朝外面看看，發現沒有危險，便往屋外一跳，投奔自由去了。於是一隻接一隻貓，像大黑貓那樣逃了出去。

其他仍被關在籠子裏的貓可激動了，牠們除了大聲叫喊，還用頭去撞籠子的門，用身體去擠籠子的門。曉星見到大籠子的貓已跑得差不多了，便開始釋放其他籠子裏的貓。

重獲自由的貓那個激動啊，撲騰着，擠着，爭相朝那個代表活路的出口奔去，有時一下子幾隻貓擠在窗口，誰也出不去，結果用力一擠，幾隻貓同時從窗口掉下去了。看得曉星直搖頭，心裏暗罵「蠢傢伙」。

好在貓們都身手敏捷，沒有出現傷亡。

就這樣，一個籠子的貓跑得差不多了，曉星再放另一個籠子的貓出來，終於等到最後一隻貓從窗口消失，他才大大地舒了一口氣。

第四章

救出小毛球

曉星正準備離開，他回頭看了倉庫一眼，眼睛掃到了一個敞開的籠子裏，趴着一隻黑白參半的花貓。

「怎麼還不走，等死啊！」曉星很生氣，怎麼還有貓這麼不珍惜機會，他張嘴怒喊，只可惜，發出的仍只是一連串的喵喵聲。

曉星急忙走過去，跳進了籠子。他伸出貓爪去推了推花貓，讓牠趕緊起來逃命。花貓被他這一推，身子挪開了一點，竟然從牠身下露出了一個毛茸茸的球球。

球球動了動，露出了一個圓圓的小腦袋，兩隻圓溜溜水汪汪的眼睛。那是一隻小花貓，一隻巴掌般大的小毛球，看上去出生不久的樣子。

相信偷貓賊不會偷這麼一丁點大、沒有幾兩肉的貓，極有可能是貓媽媽被抓後在牢籠裏把牠生下來

的。這些偷貓賊真是壞到透頂了，連懷着小寶寶的貓也抓。

曉星再看向貓媽媽，發現牠十分虛弱，好像連站起來的力氣也沒有，怪不得沒有跟其他貓一塊逃走。

貓媽媽艱難地用爪把小毛球往曉星跟前推了推。曉星明白，貓媽媽想讓自己帶小毛球逃走。

曉星看着貓媽媽，心裏很猶豫。他不能扔下貓媽媽不管，貓賊回來不見了所有的貓，一定把怒火都發洩在貓媽媽身上⋯⋯

先把小毛球背出去，然後看能不能找人來救貓媽媽。打定主意，曉星便喵了一聲，然後伏在小毛球面前，示意牠趴到自己背上。

不知道小毛球是沒明白曉星的意思，還是不想離開媽媽，牠沒理會曉星，只是一個勁地朝媽媽身下拱。

上來呀，上來呀！曉星盯着小毛球，心裏着急地吶喊着。算算時間，那兩個偷貓賊隨時會回來。

正在折騰時，聽到外面有汽車停下的聲音，接着是人交談的聲音：

「咦，好安靜啊，那些死貓怎麼都不吭聲了。」

「哈哈，想是知道自己死期近了，在害怕呢！」

「開門的鑰匙呢？」

「不是在你那裏嗎？你好像放手提袋了。你找找。」

「噢，在這裏。」

不好了，偷貓賊回來了！

曉星急了，他看了貓媽媽一眼，然後用嘴叼住小毛球的脖子，扭頭就跑。身後，貓媽媽「喵嗚」地哀叫了一聲，像是跟自己的孩子告別。而小毛球也扭着身子，喵喵地叫着，想回到媽媽身邊去。

曉星不管那麼多了，逃命要緊，嘴裏叼着小毛球，妨礙了他攀爬籠子，只好孤注一擲了，他使勁往上一縱，往籠子頂上跳去。幸好成功了，他落到籠子頂上。曉星趁勢再朝着窗口一縱身，但這次沒那麼好運了，差一點點沒到達那裏，啪嗒一聲掉回籠子頂上。

正在這時，倉庫的人門鎖「咔嚓」一聲開了，接着聽到那個男貓賊阿來大喊一聲：「啊，貓呢？！」

「咦，那裏有一隻！不，兩隻！快點，抓住牠們！」女貓賊詹妮尖叫道。

「你們逃不了啦！」阿來怒氣沖沖向站在籠子頂上的曉星撲去。

曉星吃驚之下，竟然呆住了。眼看阿來的手快要抓到他了。

突然，「啊，痛死我了！」阿來一聲慘叫，撲倒在地。原來是那虛弱的貓媽媽，不知哪來的力氣，一口咬住了阿來的腳踝。

「打死牠，詹妮，給我打死牠……」阿來一邊怪叫着，一邊用另一隻腳去踹貓媽媽。

曉星被貓媽媽的勇敢所震憾，為了不辜負貓媽媽用生命為他們贏來的逃跑機會，他拼盡全力往上一縱，這回剛剛落到了窗口上，他又接着往外面一躍，落到屋外，然後拔腿就跑。

貓媽媽，永別了，我會替你好好照顧小毛球的。

關着貓的倉庫在一處很偏僻的地方，一條長長的水泥路向遠處延伸，兩旁都是無人的荒野。水泥路上來往的車不多，很久才有一輪吭吭噹噹地駛過。曉星

在大路上跑得小心翼翼的，一聽到車聲就趕緊躲進路旁的草叢中，生怕偷貓賊開車追出來，路面的僻靜肯定讓他們一眼就看到。

就這樣，曉星叼着小毛球，跑呀跑呀，跑到氣吁吁的，實在跑不動才停了下來。

他走到一塊青青的草坪，把小毛球放到地上。而自己也很沒有儀態地四腳朝天，癱倒地上。

「喵～～」小毛球站了起來，晃了晃身上凌亂的毛，委委屈屈地叫了一聲，像是投訴曉星把牠叼得太不舒服了。

曉星朝那傢伙齜了一下小尖牙，心想，要不是帶着你這個小東西，我還不致於這樣狼狽呢！不過看在你偉大的貓媽媽份上，原諒你的不懂事吧！

曉星安撫地用爪子拍了拍小毛球，小毛球感受到他的善意，用小小的腦袋去拱了拱曉星，然後挨着他坐了下來，像是把他當成了依靠。

望不到邊的公路上，一隻小貓和一隻更小的貓，相互依偎着。

「喵～～」小毛球弱弱地叫了幾聲，曉星既然做

了貓，也大概明白牠要表達什麼：小毛球肚子餓了。

曉星肚子也很餓。實際上，他自從昨天吃了那頓豐盛的晚飯後，便再也沒有東西下過肚。

小毛球望着天上很像一條小魚的火燒雲流口水，小舌頭伸了出來，不住地舔着嘴唇。而曉星就望着鹹蛋黃般的夕陽發呆，有一個蛋黃蓮蓉包就好了。

看來今晚要在這裏歇息了，但怎麼解決飢餓問題呢？

路旁有一條小河，裏面不知道有沒有魚。不過即使有也沒有釣魚的工具。曉星突然想起看過的一個童話，一隻貓把自己的尾巴伸進河水釣起了一條魚的故事。

自己也可以試試啊！於是，曉星跑到小河邊，把尾巴放進水裏。小毛球很好奇，不知道貓哥哥在玩什麼遊戲，牠也想學曉星把尾巴放進水裏，只是牠的尾巴太短了，怎麼也夠不到水，只好放棄了，在一旁看熱鬧。

河水挺冷的，不一會兒，曉星就打了十幾個噴嚏，嚇得他趕緊收起尾巴。千萬別冷病了，自己可沒

錢看病。小毛球沒熱鬧看了，又想起空空的肚子來了，喵喵地叫着要吃的。

曉星好煩惱，上哪找吃的呢？

突然，「噗」！什麼東西掉到腦袋上，曉星低頭一看，是一顆紫紅色的小果實。啊，是桑棗！

原來他們正站在一棵桑樹下呢！曉星可高興了，桑棗味甜汁多，又好吃又飽肚子。嫣明苑裏就有一棵枝葉茂盛的桑樹，每年四至六月份，桑棗成熟時，小嵐姐姐都會讓人把桑棗摘下來，搞一個桑棗大會，整個嫣明苑的人一起分享。

曉星高興得喵喵叫着，用爪子抓住樹幹就往樹上爬。嗖嗖嗖，幾下就爬到樹上了。曉星有點小興奮，哇，原來做貓有這樣的好處，爬樹就是利落。他用爪子抓了幾串熟的桑棗，用嘴叼着，然後跳下樹來。扔了一串給小毛球，自己就抓着一串，一口一顆桑棗吃得好痛快。

吃完一串，肚子裏終於有點東西，不那麼餓了，正想繼續吃第二串，卻發現小毛球驚疑地看着桑棗，不敢下嘴。

蠢傢伙！曉星用爪子抓下一顆桑棗，拍進小毛球嘴裏。小毛球一開始像吃藥那樣齜牙咧嘴，一副很難為牠的樣子，但咀嚼了幾下之後，便嘗到甜頭了，牠很快嚥下一顆桑棗，用小舌頭舔了舔嘴唇，又用兩隻前爪按住桑棗串，用小尖牙咬下一顆。然後又吃了起來，大眼睛瞇着，十分享受的樣子。

就這樣，兩個難兄難弟愉快地享用桑棗，一直吃到小肚子滾圓滾圓的。

飽暖思睡覺，小毛球張大嘴巴打了個大大的呵欠，露出被桑棗染紅了的小尖牙。曉星無意中一瞅，嚇得立刻跳離小毛球幾尺遠，哇，好像剛吃了人的吸血鬼！

這是桑棗惹的禍！曉星知道自己肯定跟小毛球一個樣，急忙跑到小河邊，把嘴巴伸到水裏洗洗。河水馬上紅了一片。

回頭走向小毛球，把牠捉住往河邊拉。小毛球還不樂意呢，用小爪子拼命抓住腳下泥土。但到底拼不過比牠大了一圈的曉星，被拉到水邊——洗嘴巴。

在小毛球不滿的嚎叫聲中，小尖牙被河水洗得慢

慢變回白色了，曉星這才放了牠。小毛球認為自己被欺負了，喵喵地向曉星投訴，不過可能是太睏了，喵着喵着，便靠着曉星睡了。

聽着身邊小毛球呼嚕呼嚕的打鼾聲，曉星一點睡意也沒有。也許是曉星成了一隻小貓，體積變小了的緣故，看向天空時，只覺得比以往任何時候都更為浩渺，更加廣袤無垠，天地間的一隻貓是那麼渺小。

白天曉星只顧逃命，沒有時間去想別的，現在安靜下來，便感到無比的無助和害怕。

不知道小嵐姐姐，萬卡哥哥，還有曉晴姊姊現在都在幹什麼，可有想念自己？可曾想到在同一片天空下的自己變成了一隻貓？

還能回到親人和朋友們身邊嗎？還能重新變回人嗎？

要是回不去怎麼辦？要是以後都只能做一隻貓怎麼辦？

曉星覺得從來沒有過的害怕，從來沒有過的孤獨，從來沒有過的悲傷，他小聲地哭了。

貓眼裏兩串眼淚流了下來，叭噠地落到小毛球的

腦袋上。小毛球睜開惺忪的眼睛，牠困惑地用毛爪撓撓腦袋，一臉懵逼地看看曉星，突然，牠伸出爪子，輕輕地拍拍曉星的眼角，像是為他揩眼淚。

曉星心裏一暖，自己並不孤獨，自己不是有小毛球陪着嗎？

他伸手摟着小毛球，慢慢進入了夢鄉。

第五章

貓和貓之間的戰爭

曉星是讓一輛駛過的汽車轟鳴聲吵醒的，他睜開了眼睛。天還沒大亮，天上還有細碎的星星在閃爍。

身邊的小毛球似乎有點怕冷，牠把自己捲成小小的一團，用以保暖。

曉星捵了捵耳朵，心想時間已經過去十幾個小時，被偷貓賊抓回去的危險應該已經解除了吧。反正幾百隻貓已經逃走了，剩下他和小毛球兩隻貓，那一男一女也沒必要費那麼大的勁，不死不休非要抓牠們回去不可。接下來得趕快想辦法回烏莎努爾，看看天下事難不倒的小嵐姐姐能不能把自己變回人。

曉星爬上樹摘了幾串桑棗，劈里啪啦扔到地上。小毛球被吵醒了，牠張開小嘴巴打了個呵欠，然後爬了起來。牠見到地上的桑棗，認得是之前吃過的好吃的甜品，便高興地撲上去叼了一顆，咔嚓咔嚓吃了起

來。兩隻貓吃飽了桑棗，便又開始了長征。

這回曉星不再是叼着小毛球走了，他讓小傢伙爬上自己的背，背着牠走。

小毛球老擔心掉下去，四隻小毛爪把曉星抱得緊緊的，小身子不住的顫抖。幸好不一會兒牠就適應了，還覺得自己騎在貓哥哥背上挺威風的，隔一會兒就亮開嗓子叫幾聲。

曉星本身也只是一隻小貓，背着小毛球走了不多久就累了，只好休息一會兒再走。就這樣走走停停的，一直走到中午時分，終於看到前面有房子，市區到了。

經過的房子都是帶小院子的獨立小屋，從小院子的木柵門看進去，許多小院子都種了花，風一吹，聞到陣陣清香。曉星這時又累了，他停下腳步四處張望，想找個可以歇腳的地方。

「喵～～」小毛球突然叫了一聲，牠圓溜溜的眼睛死死地盯着一戶人家的小院子。曉星順着牠目光看去，看到小院子裏種了很多紅玫瑰和白玫瑰，花叢旁邊，有一隻胖胖的波斯貓，正把腦袋埋進一隻碗裏，

吃得正香。

從昨天到今天早上，他們都只是用桑棗充飢，而那些桑棗不頂餓，所以兩隻貓早就餓得肚子咕咕叫了。

胖貓抬起頭，發現有兩隻貓在覬覦自己的午餐，大怒。牠嘴裏發出「噢嗚」的怪叫，前爪伏低，後腳蹬直，屁股撅着，一副蓄勢準備攻擊敵人的姿勢。

「小胖，吵什麼！好好吃飯。」隨着聲音，從屋裏走出了一個小姐姐。

小姐姐發現了小胖貓的異常，便朝牠的進攻方向看去。小姐姐馬上驚訝地揚起了眉毛，她看到了一個怪異的畫面──一隻小貓身上，背着一隻更小的貓。

曉星有點尷尬，他覺得自己在人家門口窺探有點不禮貌。其實他是從人的角度想的。一隻貓站在別人家門口看，簡直太平常了。

「喵～～」小毛球弱弱地叫了一聲，用可憐的無助眼神看着朝他們走來的小姐姐。

小姐姐隔着欄柵，看着兩隻萌得不要不要的小貓，內心柔軟得化成了一灘水，她怕嚇走了小貓，小

聲說：「餓了吧，快進來，我去給你們拿吃的。」

她說着打開門，讓兩隻小貓進來。

曉星打量了小姐姐一下，只見她長着一張瓜子臉，眼睛很大很黑，笑起來臉上有兩個小酒窩，很親切很善良的樣子。曉星覺得她是個好人，就背着小毛球走進了院子。

「噢嗚！」小胖貓見到，馬上炸毛了，牠瞪着兩隻小貓，把屁屁來回擺動，似乎在給自己找一個完美攻擊的角度，隨時準備撲向入侵之敵。

主人的寵物只有我一個，你們兩人來爭寵算什麼！

「小胖，沒禮貌！」小姐姐大聲責備小胖貓。

小胖貓頓時沒精打采，牠委屈地伏下，嗚嗚地叫着，像在埋怨小主人有了新貓忘舊貓。

小姐姐看着小胖貓幽怨的小眼神，笑了，說：「乖，交給你一個任務，替我好好招呼小客人，我去給客人拿點吃的。」

小主人沒嫌棄我，還委以重任！小胖貓一下子神氣起來了，牠站了起來，神氣地朝兩小貓嚎了一聲。

曉星瞧也不瞧牠一眼，對這樣的蠢傢伙，他才懶得理會呢！

天真的小毛球卻不知自己被胖貓排斥了，牠走近胖貓，流着口水看着小胖貓吃貓糧，臉上寫滿「給我吃一點吧」。

小胖貓心中警鈴大作，牠趕緊用屁股擠開小毛球，把頭伸進小碗，大口大口地吃着。把東西吃進肚子裏，才是最安全的。

小毛球心裏挺不滿的，都胖成個圓球了，還吃那麼多！牠不屈不撓地又轉到小胖貓的面前，眼瞪瞪地看着牠一動一動的嘴巴。小胖貓急了，把胖胖的身體往小碗上一撲，把食物護得嚴嚴的。

這時小姐姐出來了，朝曉星和小毛球招手說：「兩隻小貓咪，快來吃東西。」

「喵～～」小毛球歡叫着朝小姐姐跑了過去。

小姐姐把兩隻貓引進了屋裏。這是個客廳，地方不大，但布置得很整潔很溫馨。牆上掛着一幅全家福，一家三口，小姐姐和她爸爸媽媽。曉星注意到，全家福中的爸爸穿着警察制服，十分威武。

小姐姐把曉星和小毛球抱上了一張餐桌，餐桌上放了一碟貓糧。

小毛球「噢」地歡叫了一聲，便一口叼起一顆貓糧，開吃了。牠邊吃邊用尾巴點了曉星一下，讓他快吃。

曉星心裏苦啊，自己內心是個人啊，怎可以吃貓糧呢！可是，肚子真的餓。他抬手撓撓耳朵，然後看着小碗裏那些做成小魚模樣的貓糧發呆。

小姐姐發現了他的遲疑，她摸摸曉星身上的毛，說：「吃呀，別餓壞了。」

是呀，吃飽肚子才是最重要的，餓着怎麼回家呢，貓糧就貓糧吧！他叼起一條小魚，像吃藥一樣的咀嚼起來。咦，味道還可以，有點像自己吃過的小魚餅。

兩隻小貓很快把碗裏的貓糧吃光了，小姐姐又再添了一些，還說：「不能再添了，吃多了會脹肚子的。肚子脹脹的會很難受的哦！」

而事實上，添加的貓糧沒吃完，兩隻小貓就已經飽了。小毛球用毛爪洗了把臉，眼睛一眯一眯的，想

睡覺的樣子。曉星也睏，但他不想睡，他想早點進行他的回家大行動。

曉星朝小姐姐喵喵地叫了兩聲，表示感謝，然後就用爪子拍了拍小毛球，意思是該走了。

小毛球半睜着眼睛喵了一聲，又懶洋洋地接着睡。小姐姐用食指點了點曉星的鼻子，說：「你們是從哪來的呢？是被主人拋棄的？還是自己貪玩跑出來，找不到回家的路了？留下來吧，讓我照顧你們，好不好？」

曉星是絕對不會留下來的，但是小毛球……

他扭頭看了看那個憨態可掬的小傢伙。回家的路千難萬險，不能讓小毛球跟着自己受苦，就讓小姐姐照顧牠吧！

曉星伸手，把小毛球往小姐姐面前推了一下。小姐姐驚訝地睜大了眼睛：「啊，你聽得懂我的話？你是說讓我照顧這小小貓？」

曉星喵了一聲，又把小毛球往小姐姐面前推了一下。小姐姐很激動：「好聰明的貓咪！原來你真的明白我意思。你也留下好嗎？我喜歡你！」

曉星搖搖頭，然後又再把小毛球往小姐姐推推。

小姐姐歎了口氣，眼睛有點發紅，看來她真的很捨不得曉星離開。她輕輕抱起熟睡的小毛球，說：「你放心，我會把小小貓照顧好的。如果你以後想來我這裏的話，隨時歡迎。」

曉星喵了一聲表示感謝。他站了起來，看了小毛球一眼，然後往院子的門口跑去。小姐姐抱着小毛球跟在後面。

院子門沒鎖，曉星走了出去，回身朝小姐姐揮了揮手，然後撒開四條腿跑了。

好心的小姐姐，再見了！可愛的小毛球，再見了！

第六章

有壞蛋！

不用背着小毛球，曉星頓時覺得身子輕盈了很多，他跑呀跑呀，很快就跑到了一個熱鬧的街區。人行路上熙熙攘攘，馬路上車來車往，看得曉星眼花繚亂。

曉星有點發愁，他不認得路，也不知什麼交通工具可以去機場。之前從烏莎努爾坐飛機來，下了飛機就坐着機場大巴士直接去了酒店，沿路也沒怎麼留意周圍環境，所以根本不知道機場在哪裏。雖然不知道貓可不可以上飛機，但那是下一步的問題了，目前要做的就是先去到機場。

以往很容易做到的——向路人詢問，然後揚手叫計程車，但現在這兩件事都比登天還難。

最好有順風車去！曉星眼珠轉了轉，靈機一動，便撒開四條腿去找附近的停車場。很快讓他找到了，

那是一個設在大型屋苑旁的露天停車場。

曉星爬上了停車場邊上一棵枝繁葉茂的大樹，然後觀察着下面，只要看到有拖着行李箱來取車的，就一定是出門旅行的，就有很大可能是去機場。到時，自己就偷偷地溜上車。

哈哈，我真聰明！曉星為自己無比的機智，感到自豪。

等了十多二十分鐘，不時有人駕車來這裏停泊，也不時有人拎着一串鑰匙來取車，然後開走。只是一直沒看見有拉着行李箱來取車的，曉星只好耐心地等下去。

又一部車開進停車場了。那是一輛中型小巴，停泊在離曉星藏身的大樹兩三米遠的一個空位上。

車門打開，一個三四十歲、留着爆炸頭髮型的女人跳下車。眼尖的曉星瞅見，車上坐着的都是背着小書包的幼稚園小朋友。

爆炸頭朝那些小朋友說：「你們乖乖地在車裏等着，阿姨現在去拿迪士尼入場券，拿到就帶你們去迪士尼一夜遊。哇，有煙花看，有卡通人物大巡遊，米

奇老鼠呀，白雪公主呀⋯⋯很好玩的哦！」

車裏的小朋友七嘴八舌地說：「姨姨，我們會乖的。我們在車裏等你回來。」

「真乖！」爆炸頭說完就關上了車門。

曉星見到巴士上面寫着「東揚幼稚園」，原來這是幼稚園的保姆車。心想，這間幼稚園的小朋友好幸福啊，放了學還可以接着去迪士尼參加什麼一夜遊。

他見到那下了車的爆炸頭四周張望了一下，然後走到大樹下打電話：「喂，可以來拿人了。那些小鬼已經被我帶到停車場，一共三十二人。哈哈，我這個辦法是不是很妙，一下子就綁了三十二個。什麼？只給我六百萬，太少了吧！我冒這麼大風險，今晚還要坐船逃去境外，以後要改名換姓⋯⋯」

綁架！

曉星嚇了一跳，身子一動，樹葉發出嘩嘩的響聲。那女子聽到了，馬上緊張地抬頭張望，見是一隻貓，就罵了一聲「死貓」，繼續打電話。

「你們真狠啊！算了算了，不做也做了，不能再回頭，六百萬就六百萬吧，去了外國還可以繼續打

工。你們馬上給錢，收到銀行的到賬訊息了，我就把停車地點告訴你。好，我收線了。」

爆炸頭收了錢，便靠在樹幹上等消息。

曉星明白了，這爆炸頭是幼稚園保姆車的司機兼保姆，她騙那班天真爛漫的孩子說要帶他們去迪士尼，把他們帶到這裏來了。等會綁匪到來，她就讓綁匪把孩子帶走，自己拿了錢逃之夭夭。

這人真壞，決不能讓她陰謀得逞！

可是，自己只是一隻貓。一隻貓怎麼去救那些小朋友，怎麼把這個壞蛋爆炸頭繩之於法呢？

找警察叔叔幫忙？啊，曉星腦子裏靈光一閃，他想起了小姐姐家裏那張全家福。對，回去找小姐姐，找小姐姐家的警察幫忙。

曉星悄悄從樹上爬下來，然後撒腿跑回小姐姐家。幸好距離不遠，很快就看到了那幢種滿鮮花的小院子。

「喵……」曉星在門口大叫。

「喵嗚！」最先聽到的是那隻小胖貓。牠一見到曉星，就沒命的嚎叫起來，聲音裏充滿了憤懣。天

哪，這討厭的傢伙，走就走嘛，怎麼又回來跟我爭寵！

小姐姐和小毛球是同時跑出來的。小毛球使勁用小腦袋拱他，一邊撒嬌一邊叫着，好像在埋怨曉星怎麼不叫牠就走了。

小姐姐就十分驚喜地説：「太好了，你是回來不走了嗎？」

曉星沒顧得上理他們，一溜煙進了客廳，跳上了電視機頂，扒在牆上，使勁用爪子去拍全家福裏的爸爸。

小姐姐也進了客廳，有點莫名其妙地看着曉星，不明白他想表達什麼。

曉星心裏着急啊，再耽擱下去小朋友就被綁匪帶走了。

正在這時候，院子的欄柵門「伊呀」一聲開了，一個身材高大的叔叔走了進來。

曉星一看，咦，他不就是全家福裏的警察叔叔嗎？雖然現在叔叔沒有穿警服，但眼尖的曉星還是一眼就認出來了。他趕緊跑過去，咬着叔叔的褲腿，拼

命往外拉。

叔叔驚訝地低下頭，看着曉星：「這小貓咪是哪來的？牠怎麼啦？」

小姐姐簡單說了一下曉星的來歷，又說：「牠本來已經離開了，但不知道為什麼又回來了，回來以後就使勁拍打你的照片。」

「拍打我的照片？」高大叔叔看了看牆上那張全家福，試探着朝曉星問，「你有事找警察幫忙？」

「喵喵！」曉星大喜，放開咬着叔叔褲腿的嘴巴，喊了兩聲。

叔叔發現曉星好像能聽懂他的話，眼裏露出驚奇，又問：「你讓壞人欺負了，叫警察去抓壞蛋？」

「喵……」曉星剛想搖頭，不是欺負我，是欺負稚園小朋友。但他沒辦法解釋，反正是有壞人欺負人，讓警察叔叔去抓人就對了。於是他朝叔叔喵了幾聲，又用嘴巴咬着叔叔的褲腿，把他往大門外面拉。

叔叔對曉星說：「好，如果我說對了，那你就給我帶路，我替你去抓壞人。」

曉星立刻放開叔叔的褲腿，自己往前跑了。

叔叔朝小姐姐説：「嬈嬈，你看好家，我看看小貓咪有什麼事。」

　　小毛球跌跌撞撞地跟着出去，想追上曉星。

　　小姐姐彎下腰抱住小毛球，説，「小小貓乖，我爸爸去幫小貓抓壞人了，你好好在家裏，小貓很快會回來的。」

第七章

救了一車小朋友

再說曉星領着叔叔往外面跑，很快就跑回了那個停車場。曉星遠遠看到那輛校巴還在，便鬆了口氣。再看看大樹下，那個爆炸頭還在拿着電話大聲說着什麼。曉星帶着叔叔轉到爆炸頭視線看不到的地方停了下來。他看了看校巴，又看了看叔叔，正發愁怎麼把事情告訴叔叔。

這時候，校巴有個窗子被打開了，幾個小朋友探出小腦袋，有小朋友朝大樹下的爆炸頭喊：「姨姨，拿到入場券沒有？我們可以去迪士尼樂園了嗎？」

「嘿嘿，誰叫你們打開窗子的！」那爆炸頭大吃一驚，趕緊跑過去大聲呵斥，然後又放軟聲音說，「小朋友乖啊，再等一會兒。送入場券的人很快就到了，一到手我們就馬上出發。」

叔叔真不愧是一名警察，他馬上從爆炸頭和小朋

友的對話裏，察覺到不對頭了：現在正值幼稚園放學的時候，校巴不是應該把小朋友一家一家地送回去的嗎？為什麼一整車的停在這停車場裏，還説什麼準備去迪士尼？幼稚園怎麼會在放學之後還帶小朋友去迪士尼呢？

叔叔看了曉星一眼，發現曉星正在看他。叔叔小聲説：「小傢伙，你讓我到這裏來，就是發現了不對，要我來救這班小朋友？是的話，就叫三聲。」

「喵、喵、喵！」曉星趕緊叫了三聲。

叔叔點點頭。他想了想，拿出手機給警察總部打了個電話，簡單説了情況，請求派人增援。

這時只見那爆炸頭把窗子關上，嘴裏嘀嘀咕咕地説了幾句什麼，然後着急地伸長脖子四處張望。

突然見到外面有部中型巴士駛入，坐在副駕駛座的一個長着連腮鬍子的男人，伸出手做了個手勢。爆炸頭臉上一喜，也朝那人打了個相同的手勢，中型巴士慢慢地朝校巴駛過來了。

曉星急了，警察還沒來呢，怎麼辦？叔叔就一個人，又要救小朋友，又要對付綁匪，恐怕分身不下。

中型巴士停在校巴旁邊，駕駛室門打開，連腮鬍子和司機走下車來。爆炸頭朝他們埋怨說：「怎麼這麼遲才來？我都嚇死了，萬一讓人發現，我就完了。快快快，趕快把這些小鬼帶走。」

爆炸頭轉身把校巴車門打開，讓車子裏的小朋友下來：「小朋友，這部車就是送你們去迪士尼的，大家乖，一個跟一個下來，再上這部巴士，不許擠，不許吵鬧哦。」

小朋友還不知道危險來臨，興高采烈地一個接一個登上那部中型巴士。曉星急死了，等小朋友都上了車，綁匪把車子一開走，警察再救小朋友就很麻煩了。不行，自己得做點什麼！

「嗖」的一聲，曉星衝了出去，叔叔想攔他也來不及了。曉星跑到校巴旁邊，朝着排隊上車的小朋友喵喵地叫着，睜着兩雙又圓又大的眼睛賣萌。小朋友一見，都忘了要上車這回事了，一個個朝曉星揮手，嘴裏喊着「小貓咪小貓咪」。

曉星乾脆用兩條腿站了起來，用兩隻前爪朝小朋友作出招手動作，使出渾身解數繼續賣萌。小朋友更

興奮了，七嘴八舌地說：

「哇，小貓咪會站啊！」

「小貓咪朝我們招手呢！」

「好可愛哦！」

「好聰明哦，我想養牠⋯⋯」

連已經上了車的小朋友也跑了下來，爭看小貓咪。

好奇之心人人皆有，綁匪也不例外。那爆炸頭和兩個男人也都暫時忘了綁架小朋友的事，傻呼呼地站在那裏看着曉星表演！

藏在大樹後面的叔叔驚訝地揚起了眉毛，這小貓真是太聰明了，牠是在故意拖延時間，好等到警察到來，簡直是已經具有人類智慧了！叔叔急忙打電話把中型巴士的車牌號碼通知了警察總部。

看熱鬧的連腮鬍子突然想起了自己來這裏的目的，一拍腦袋，對小朋友說：「嘿嘿嘿，好啦好啦，小朋友別玩了，趕快上車，要不就不帶你們去迪士尼了。」

可是，似乎迪士尼的吸引力不如面前的聰明貓，

小朋友們沒理會連腮鬍子，仍然興高采烈地跟曉星玩。

連腮鬍子眼裏露出兇光，他朝另外兩個人說：「把他們抱上車，不能耽擱了。」

那兩個人也頓時醒悟過來，也不管小朋友掙扎反抗，把他們抱起就往車上塞。

正在這時，兩輛警車駛了進來，因為事先知道了車牌號碼，所以他們準確地把車停在中型巴士旁邊，緊接着車門打開，十多名警察從車上跳了下來。

三名綁匪一見情況不妙，拔腿就跑。連腮鬍子剛好朝叔叔藏身的大樹跑了過去，叔叔衝出來一把抓住他，然後把他的雙手往後一扭，「咔」一聲上了手銬。而另外一男一女兩名綁匪，也被其他警察抓住了。

「哇……」

小朋友都被發生的事情嚇呆了，一個小朋友首先哭了起來。好像會傳染似的，其他小朋友也一個接一個咧開嘴巴哭了，停車場裏頓時一片哭聲。

「喵……喵……」曉星大聲叫着，讓他們別哭。

小朋友聽到了，都愣愣地看着曉星。曉星用一隻

前爪撥着臉頰，好像在羞羞小朋友是愛哭鬼。小朋友們見了，都不好意思地笑了，紛紛拿出小紙巾擦眼淚。讓一隻小貓咪笑話，好難為情哦！

這時警察都圍過來了，其中一個警察阿姨對小朋友們說：「沒事了，大家不用怕。這三個人是壞人，他們說帶你們去迪士尼，是騙你們的，他們準備把你們抓走，讓你們再也見不到爸爸媽媽。你們以後不要輕易相信壞人的話，不要隨便跟陌生人玩……」

小朋友們都很乖地點着頭。

叔叔一彎腰把曉星抱了起來，說：「這次救你們的是這隻小貓咪，是牠把我帶到這裏，我才發現罪案，通知警察來這裏救了你們，你們都要感謝牠。」

「謝謝小貓咪！」小朋友七嘴八舌地喊道。

警察用囚車把綁匪帶走了，竟然綁架純真可愛的小朋友，簡直是罪不容恕，等待他們是法律的嚴厲懲罰。

叔叔也抱着曉星回了警察局，因為他是警察局的重案組組長，要負責整個案子。

小朋友們也被全部送去了警察局。警察逐一通知

家長來接孩子回家，當家長們獲悉自己家小孩差點被綁架，真是又驚又怕，真恨不得把綁匪狠揍一頓。大家知道救自己孩子的竟然是一隻貓時，都朝曉星湧了過去，也不管一隻貓知不知道他們在做什麼，反正就是感激呀，佩服呀，崇拜呀，感謝的話說完又說，有個老伯伯還朝曉星鞠躬，多謝他救了自己最疼愛的小孫子。

曉星還沒試過被這麼多大人稱讚，未免有點得意忘形，這回是真的尾巴翹天上去了。

當天晚上，曉星被叔叔帶回了家。一同回去的，還有很多貓糧，貓玩具——這是家長們為了表示對曉星的感謝，特地買來送給他的。

小毛球見到曉星回來，高興得叽噠叽躂地跑了過去，把小腦袋往曉星身上拱。一邊還「喵嗚喵嗚」地叫着，好像在埋怨，嚇死寶寶了，還以為貓哥哥你不要寶寶了呢！

小姐姐見到曉星回來，樂得嘴巴都合不起來了，聽了爸爸講述曉星救小朋友的事，忍不住捧起那圓圓的貓腦袋親了又親，弄得曉星都臉紅了。

不過也有不高興的，那就是小姐姐家那隻小胖貓了。哼，爭寵的傢伙又回來了，還像英雄凱旋似的。天哪天哪，小主人還親牠呢！真是太不公平了！

曉星還見到了一個四十多歲的、長得很漂亮的阿姨，想必是小姐姐的媽媽。阿姨很喜歡貓，她左手曉星、右手小毛球的抱着不放，弄得小姐姐都要跟她搶了。

吃了一頓美味的晚餐後，曉星有點睏了，小姐姐把他抱進了一個放着柔軟毛巾的小籃子裏，讓他舒服地躺着。矇矓中，曉星感覺到小姐姐用小手在一下下地撫摸着他的貓毛，還聽到小姐姐小聲說：「小貓咪，答應我留下來好嗎？我希望每天早上起來都會看到你……」

小姐姐沒留意到，小貓的眼角流下了一滴淚水。曉星心裏很難過，其實他也是很喜歡這個善良的小姐姐的。但是，他不可以留下來，在遙遠的烏莎努爾，有兩個姐姐在等着他回去呢！

第八章

向烏莎努爾進發

因為心裏有事，曉星一大早就醒了，他伸伸懶腰，又站起來看了看，屋子裏靜悄悄的，小姐姐和她的家人還沒有起牀。曉星想了想，決定在他們起牀前離開，分別是一件很傷感的事啊！

小籃子裏還放有吃的和喝的，曉星飽餐了一頓，然後離開了小姐姐的家。

休息了一晚上，四條腿特別有勁，曉星很快就跑到了通往大馬路的小徑上。

「噠噠噠……」咦，什麼聲音由遠而近傳來。

曉星回頭一看，不由得圓睜雙眼——小、毛、球！

一個小毛團朝他滾了過來，一把抱住了他的腳，然後叫了一聲很委屈的「喵嗚……」。

「你追來幹什麼？小姐姐會對你很好的！」曉星

喵了幾聲，表達着自己的意思。

「但我還是想跟你走，我們是患難兄弟！」小毛球也喵了幾聲，表達自己的意思。

「真是個纏人的傢伙！」曉星繼續喵。

「貓哥哥，帶我走嘛！」小毛球喵喵着撒嬌。

兩貓只是一直在「喵喵喵」，但卻心有靈犀地聽出了彼此要表達的意思。

曉星無奈地伏下身子，讓小毛球爬到他背上。其實他也不捨得丟下小毛球呢！只是，他們倆全走了，小姐姐一定更傷心。

今後還會見到小姐姐嗎？曉星心裏有點難受。

很快走到了繁華的街道。小毛球從未見過這麼熱鬧的景象，小腦袋轉得像撥郎鼓似的，左看看右看看，一雙圓圓的眼睛滿是好奇。

曉星還是打算坐「順風車」去機場。機會很快就來了，一個頭髮花白的伯伯拖着個很大的行李箱，站在馬路邊攔截出租車。帶着那麼大的行李箱，一定是出遠門的！

曉星趕緊走到伯伯附近，藏在附近一棵樹後面等待機會。

一輛出租車來了，停在伯伯身邊，伯伯俯身對着司機説了一句什麼，司機點點頭，然後走下車，幫伯伯把皮箱放在車尾廂。

曉星虎視耽耽地尋找機會上車，但可惜司機從駕駛座下車後，隨手把門關上了。而伯伯上了後面客座，又馬上關了車門。曉星急了，這下沒法上車了。

萬幸的是，司機放好旅行箱，想蓋上車尾箱蓋子時，發現因為旅行箱太大，車蓋子蓋不上了，司機只好讓蓋子就這樣往上翹着。

曉星好想仰天大笑三聲，哈哈哈，天助我也！

趁着司機轉身走向駕駛座，曉星像百米賽那樣衝向車尾廂，縱身一跳。這時，車子也開動了。曉星氣喘吁吁伏在車尾廂裏，好險！

　　曉星喘了一會兒氣，才發現小毛球還呆在自己背上，死死地抓着他的貓毛，於是一甩，把小毛球甩下來了。

　　「喵喵～～」小毛球撒嬌似地叫了兩聲，好像在控訴曉星把牠摔疼了。曉星毫不同情地伸爪子拍了牠小腦袋一下，心想誰叫你跟來了，回家的路不知道還有多少艱難險阻呢！

　　小毛球還以為曉星跟牠玩呢，牠把曉星的爪子抓住，放進嘴巴輕輕地咬着。曉星也由着牠，正好幫自己抓癢癢呢！

　　總算邁開了回家的第一步了！曉星心裏很興奮，烏莎努爾，我要回來了！

　　躲在車尾廂裏，沒辦法看到路上情況，只能從那半開着的車廂蓋子，看到後面緊跟着的車輛。大約走了一個小時，車子終於在一處人聲鼎沸的地方停下來了。

曉星急忙把小毛球背上，然後就匆匆地往外跳。這時司機已經走過來了，看到從自己的車尾廂跳出來兩隻貓，嚇了一大跳，不知道牠們是什麼時候跑進去的。他慌忙彎腰看看放在那裏的旅行箱，生怕被貓爪子撓花了，又使勁嗅嗅味道，恐防貓兒留下什麼臭臭的東西。幸好沒事，他才放下心。

　　曉星跳下車後，看看周圍環境，才發現這並非坐飛機的機場，而是乘船的碼頭呢！

　　曉星心中又有喜又有愁，喜的是歪打正着，自己之前完全沒想到還有坐船這個選擇，光想着坐飛機了。上飛機關卡多，檢查又嚴格，兩隻貓想混進去很不容易。如果坐船就不同了，對乘客的檢查沒那麼嚴格，難度指數大降。只是擔憂不知道有沒有前往烏莎努爾的船。

　　曉星知道碼頭裏面有航班時刻表的，那裏可以看到班次及目的地，於是馬上跑進了碼頭候船大堂。噢，找到了！曉星目不轉睛地看着那不斷變換的時刻表。啊，有呢！一艘叫「遠大」的大型客輪，半小時之後就起航去烏莎努爾，真是太好了！

曉星高興得在地上打了個滾，一不小心把小毛球甩出去了。「喵～～」，小毛球委屈得不要不要的，貓哥哥，你又弄疼我了！

　　曉星拍拍小毛球，安撫了一下，讓牠重新趴在自己背上，然後噠噠噠噠跑去了三號閘候船室，那是前往烏莎努爾的入閘位。

　　還沒到登船時間，旅客們都坐着等候，九成的人都在埋頭看手機。曉星悄悄走了進去，躲在一排椅子下觀察着閘口，看看等會兒怎樣才能瞞過檢票員的眼睛溜進去。

　　閘口有兩個職員阿姨在守着，準備時間到了就開始檢票，曉星想，兩個阿姨檢票時注意力應該都放在入閘的旅客身上，不會留意腳下有貓走過，入閘應不成問題。但估計登船時會有點麻煩。

　　曉星出外旅行很多次，也坐過船，他知道等會走過那道連接碼頭與船的窄窄短短的棧橋時，兩隻貓太惹人注目，有可能被職員截停。怎麼才可以成功登船呢？

　　這時廣播已經在宣布，前往烏莎努爾的旅客可以

登船了。曉星看着紛紛起身走去排隊入閘登船的旅客，眼睛滴溜溜轉着想辦法，但沒想到自己已經被人盯上了。

一隻突然伸過來的手，把他連小毛球一起抓起，塞進了一個背囊裏面。

「喵～」小毛球被這突然的動作嚇壞了，挨着曉星的小身體明顯地打着顫。曉星也大吃一驚，抬頭一看，看到了一張小男孩的臉。

小男孩大約八九歲，圓臉蛋，圓眼睛，此刻正咧着沒了兩隻門牙的嘴，得意地笑着，見曉星看他，便把食指擱在嘴邊，朝曉星「噓」了一聲。

原來是被熊孩子抓了！

曉星警惕地看着熊孩子，不知道他把兩隻小貓抓來幹什麼。

熊孩子見曉星看他，扮了個鬼臉，小聲地說：「別出聲，哥哥帶你們去坐船船。」

熊孩子說完，嚓的一聲拉上了背囊的拉鍊。

啊，真的是想睡覺就有人給枕頭啊！曉星頓時心花怒放，自己想破腦袋都沒能解決的問題，被一個熊

孩子給解決了！

有熊孩子作掩護，一定能成功登船。

曉星抱着小毛球，用爪子輕輕拍着牠，不讓牠出聲。小毛球乖乖地窩在曉星懷裏，眼睛一眯一眯的，很快就睡着了。

曉星留意着外面的動靜，知道熊孩子順利通過了閘口，走進了通往輪船的通道。和他一起的，應該是他爸爸媽媽。

「歡迎光臨！請走右邊！」聽到船上工作人員歡迎和指引座位的聲音，又感覺到了晃蕩，熊孩子應是上船了。

耶！曉星心裏歡呼着，自己已經順利地邁出回家的第二步了。

第九章

太受歡迎的煩惱

「奇奇，進去吧，這間房是我們訂的。」一把好聽的女聲，估計是奇奇的媽媽。

原來這熊孩子名字叫奇奇。

「噢，這房間好好玩！爸爸你看，這窗子做成了救生圈模樣，好有趣！」奇奇快活的聲音，「哇，這隻小船原來是張牀呢！我要睡這小船！」

「好好好，你睡小船牀。」一把淳厚的男聲，應是奇奇的爸爸。

奇奇興高采烈地一跳，跳進了小船裏，坐了下來。他摸摸這摸摸那的，興奮極了。

他突然想起了什麼，回頭看看爸爸去了洗手間，媽媽在忙着把旅行箱裏的東西放進櫃子裏，他把背囊的拉鍊拉開一些，對着裏面小聲說：「小貓，我們已經上船了。今晚我們一塊睡小船牀好不好？」

小毛球本來睡着了，被光線一射便醒了，有點茫然地看着奇奇，喵了一聲。

　　奇奇嚇得趕緊拉上拉鍊。不過媽媽還是聽到貓叫了，她扭過頭問：「奇奇，你有沒有聽到貓叫？」

　　奇奇怕讓媽媽發現他帶了貓咪上船，慌忙說：「哦，是我在玩遊戲呢，遊戲裏有隻貓。」

　　這時爸爸從洗手間出來了，他說：「早餐沒吃好，你們也餓了吧，要不咱們先去餐廳吃點東西？」

　　早上起牀晚了，來不及做早餐，一家子都只是隨便喝了點牛奶。

　　「贊成贊成！」奇奇其實早就餓得肚子咕咕叫了，只是上船後看到這麼多有趣東西，把肚子餓的事忘了。這時爸爸提起，馬上感覺肚子餓得厲害。

　　「好，那吃完東西再回來收拾。」媽媽也放下了手裏正收拾的雜物。

　　「吃東西去囉！」奇奇拿起背囊說。

　　媽媽看了奇奇鼓鼓的背囊一眼，說：「奇奇，別帶背囊了，就放房間裏吧。」

　　奇奇把背囊背好，朝媽媽扮了個鬼臉：「不行，

我得背着。裏面有寶貝呢！」

　　媽媽笑着搖搖頭，由他去了。媽媽還以為奇奇說的寶貝是他從家裏帶來的小玩具，她怎麼也沒想到，兒子的背囊裏竟然藏了兩隻貓。

　　到了餐廳，人不多，很容易就找到座位了，爸爸媽媽吩咐奇奇乖乖坐着，然後買吃的去了。奇奇趁機把拉鍊拉開了一點，怕悶壞了兩隻小貓。他伸手進去摸了摸貓咪柔軟的毛，説：「貓咪乖哦，等會我給你們好吃的。」

　　曉星在背囊裏小小地喵了一聲，算是回答。他挺感謝這小朋友的，要不是他，自己和小毛球想上船也不容易。而且即使上了船也會餓肚子，要在船上呆一天一夜呢，總不能去廚房偷東西吃吧！這事曉星實在做不出來。

　　這時奇奇的手機響了，奇奇拿出電話接聽，隨手把背囊放在腳下。電話是他爸爸打來的，告訴他有什麼食物供應，問他想吃什麼，奇奇想了想説：「哦，我要一杯汽水，一個漢堡包，一份薯條，一份炸雞塊。吃得完吃得完，我很餓呢！」

奇奇打電話的時候，曉星好奇地從背囊探出頭，眼睛碌碌地打量周圍環境。對面桌子有個兩三歲的小女孩看到了，驚喜地搖着身邊媽媽的手：「媽媽媽媽，有貓咪！」

媽媽把一勺雞蛋喂進她嘴裏，說：「小動物是不許隨便登上客輪的，哪來的貓。」

「偶，真偶！」小女孩含混不清地說着，用小手指着曉星所在的地方。

媽媽順着小手指向的地方看去，只看見一個小男孩在玩手機。其實是曉星早縮回背囊裏了。媽媽笑着搖搖頭，小孩子想像力真豐富。

這時奇奇的爸爸媽媽捧着餐盤回來了，把奇奇要的東西放到他面前。

「噢，好香哦！」看來這奇奇也是個小吃貨，拿起漢堡包就大口大口吃了起來。

曉星和小毛球也都沒吃早餐呢，聞到炸雞的香味，都眼瞪瞪看着，還流了口水。奇奇正吃得香，突然發覺自己被兩雙綠瑩瑩的眼睛盯着，才想起了兩隻貓咪，他拿了兩塊炸雞，趁爸爸媽媽不注意扔進了背

囊裏，背囊裏馬上響起了「咔嚓咔嚓」的聲音。

過了一會兒，奇奇又再扔進去兩塊，背包裏繼續咔嚓咔嚓……

爸爸媽媽還以為奇奇肯定吃不完他點的東西，沒想到他會吃光光，都很驚訝，小傢伙怎麼今天胃口這麼好？

離開餐廳，奇奇跟着爸爸媽媽去甲板上看風景。甲板上放着很多躺椅，許多乘客躺在上面看藍天白雲，看大海揚波，很是愜意。甲板中間有些小桌子小凳子，一班孩子湊在一起玩玩具。奇奇忍不住跑了過去，站在一邊看着。不過他還是覺得自己背囊裏的兩隻「玩具」更好玩、更有趣，可惜不能曝光。

「……我這個奧特曼才好玩呢，看，會變身的。」

「我的絨毛娃娃會說話，會跳舞，我們幼稚園的陳小珺和羅莉莉都很羨慕我呢。」

「哼，有我的模型車好玩嗎……」

奇奇見到小朋友都在誇自己的玩具，忍不住搭嘴：「我有更好玩的，你們的算什麼！」

小朋友聽到有人否定他們心愛的玩具，都很不高

興，但又很期待看看更好玩的玩具，於是七嘴八舌地說着：

「你說好玩不算，拿出來看看！」

「是呀，給我們看看嘛！」

「他沒有玩具，騙人的！」

奇奇實在忍不住了，他拉開拉鍊，把曉星和小毛球放了出來。

從黑暗地方一下子來到陽光下，曉星不由得閉起了眼睛，而小毛球就好像不怕光，他一落地就本能地爬上曉星的背脊。

「哇，好可愛啊！」

「小貓背小貓！小貓背小貓！」

看到兩隻可愛的小貓，還一隻背着一隻，孩子們都樂壞了，紛紛尖叫起來。

那些正在欣賞海景的大人，聽到孩子們突然興奮起來，都不知發生了甚麼事，急忙跑了過來。見到一隻腦袋大大眼睛圓圓的萌小貓，背着一隻小小的萌小貓，大為驚訝，幾個年輕的女孩子，還跟着孩子一塊尖叫起來：「好萌好萌的貓！」

一下子，吸引了一大羣人過來，全都圍着曉星和小毛球看。

　　「照相照相，我要發微信！」一個女孩子把手機往身邊的男朋友手中一塞，然後跑過去一手一隻，把曉星和小毛球抱在懷裏照相。她不斷地變換姿勢，拍了很多張照片，最後左一下右一下，「叭」、「叭」地親了親兩隻小貓，才肯把小貓放開了。

　　「我也要跟小貓照相！我也要親親小貓！我也要發微信！」女孩子真是一言驚醒夢中人哪，這年頭連去餐廳吃份漢堡包薯條都要先拍一通發微信，何況是這麼可愛的兩隻小貓。

　　於是，小朋友都找爸的找爸，找媽的找媽；大人就找家人的找家人，找朋友的找朋友，大家都忙起來了。拍照、發朋友圈，然後看看有多少朋友點讚。

　　船上的護衛員見到這邊鬧哄哄的不知發生了什麼事，還以為是有什麼超級大明星出現在船上。有兩個護衛跑過來了解情況，才發現了船上有兩隻小貓。他們都挺奇怪的，旅客是不許帶寵物上船的呀，這兩隻貓難道是在船上工作的人養的？

不過很快他們就不再去糾結這個問題了，因為他們也被小萌貓吸引了，也忍不住拿出手機出來拍照，發微信朋友圈。至於親親小貓，就輪不到他們了。那些小朋友，還有年輕女孩，排着好長的隊要親呢！

　　被這麼多人喜歡，曉星一開始還覺得挺得意的，看，英俊瀟灑的曉星公子，連做貓都麼受歡迎。但很快他就高興不起來了，身上的毛被揉亂了，臉上被親得滿是口水……

　　他「噢」地叫了一聲，把傻呼呼任人擺布的小毛球一口叼住，拔腿就跑。

　　「小貓不要跑！」一大羣人在面追着。

　　不跑？才怪！曉星不要命地逃着，終於擺脫了那些熱情的粉絲，然後東拐西拐，跑回了奇奇住的那間房間，躲進了那張小船睡牀。

　　看來，太受歡迎也令人煩惱啊！

　　蹬蹬蹬！有人跑進了房間：「小貓咪，你們在哪？」一個小腦袋出現在小船睡牀的上方，是奇奇追在後面回來了。

　　奇奇伸手替曉星和小毛球把凌亂的毛給理順，嘴

80

裏說着安慰的話：「小貓咪，別害怕，以後就我一個人跟你們玩好了……」

「咦，那兩隻小貓怎麼跑這來了！」突然響起媽媽的聲音，把奇奇嚇了一大跳。

奇奇扭頭一看，見到爸爸媽媽訝異地站在身後。他趕緊把小貓護在身後：「我……我……」

爸爸看了他一眼，說：「是你帶上船的，是嗎？」奇奇不是個會撒謊的孩子，他低着頭，一聲不吭。

媽媽伸手摸摸他的臉，說：「你知不知道，寵物是不許隨便帶上船的？如果帶上船，要事先提出申請。」

奇奇茫然地搖搖頭，他並不知道有這規定。之所以瞞着爸爸媽媽，是因為媽媽一直反對在家裏養貓貓狗狗，他以為媽媽不喜歡小寵物。

「我錯了，我不該偷偷帶貓咪上船。」奇奇是個知錯能改的孩子，「但是，我真的很喜歡貓咪啊，媽媽，把牠們帶回家好嗎？」

媽媽搖搖頭：「我以前不是跟你說過不行了嗎。照顧寵物是一件需要時間和愛心的事，我們雖然都愛

寵物，但問題是沒時間照顧牠們。我和你爸爸工作都忙，不然就不會把你送去全日制幼稚園了。我們家實在不適合養寵物。」

奇奇像小大人一樣歎了口氣，不再吭聲了。媽媽說得也對，養小寵物不是一件簡單的事，如果沒能力照顧好還硬要領養，那會害了牠們的。

明天下船就要和可愛小貓分別了，媽媽說，下船先把牠們送去寵物收容所，然後才回家。

爸爸媽媽帶着奇奇，找到船上職員，補辦了帶寵物上船的有關手續。接下來的時間，奇奇就黏在房間不出去了，他想爭取多點時間和貓咪玩，因為明天早上便會到達目的地，下船以後就要跟小貓咪說拜拜了。

第十章

我就是曉星啊！

　　第二天上午，輪船已駛進烏莎努爾境內，到了十一點，就到了停泊碼頭。曉星趴在舷窗邊上，看着那熟悉的建築物，興奮得彷彿身體裏每一個細胞都在歡呼跳躍。

　　奇奇一家已經收拾好行李準備下船，奇奇因為在船上的小商店買了很多東西，小背囊塞得滿滿的，所以就讓曉星和小毛球跟着他走。小毛球本來已經能自己走路，但牠可能覺得還是趴在曉星背上舒服，所以四腳努力地爬呀爬呀，還是爬上了曉星的背。於是，下船時，一隻小貓背着一隻小小貓的情景，又佔據了不少旅客和工作人員的手機儲存空間。

　　曉星跟着奇奇一家，隨着下船的人流，一路走出了碼頭。奇奇爸爸說：「你們在這裏等等，我去停車場把車子開來。」

爸爸離開後，曉星也準備離開了，他很想跟奇奇說聲謝謝，但可惜沒法說出來。奇奇蹲下來，對曉星說：「小貓咪，你想跟我說什麼嗎？」

「喵喵……」曉星朝奇奇伸出前爪。

「你是想跟我握手再見嗎？」也許小朋友跟小動物的心靈是相通的，奇奇竟然明白了曉星的意思。他也伸出手，把曉星的爪子握了握。

跟奇奇握完手，曉星就撤開四腳跑了。身後奇奇在喊：「嘿嘿，小貓咪，你怎麼跑了。別走！我們送你去收容所，那裏有好東西吃……」

曉星早跑遠了。

曉星發現碼頭離皇宮並不遠，所以，他不打算再呆在路邊等機會坐「順風車」了，也不是每次都那麼幸運的，還是自己跑回去吧！

回家的感覺真好，跑起來都四腳生風啊！就這樣，他跑呀跑呀，跑一會又停下來辨認路線，半個多小時之後，終於看到皇宮了。

曉星現在的貓樣實在難以看出喜怒哀樂，要不，就會發現他高興得差不多哭出來了。歷盡艱辛，我曉

星終於回來了!

可憐的曉星寶寶,他好想趕快見到萬卡哥哥,好想趕快見到姐姐們,好想有個肩膀給靠一靠,好想有人聽他説説做貓的煩惱。

皇宮的門關得緊緊的,兩個衞士瞪着小燈籠般大的眼睛在門口守着,別説是兩隻貓,就是一隻蟑螂也進不去。

曉星跑近朝衞士喊道:「讓我進去,我是你們的曉星少爺!」

衞士眼珠子也不轉一下。一隻小貓朝他們喵喵叫,不用管牠。

沒辦法,曉星只好去爬皇宮的圍牆,想自己爬進去。

我跳,我跳,我跳跳跳!曉星跳了一次又一次,失敗了一次又一次,一隻小貓能跳多高呢,實在是令人慘不忍睹。

「嘟嘟──」一陣汽車喇叭聲驚動了筋疲力盡的曉星,他一看,一輛小轎車從外面回來了,兩名衞士正在把門緩緩打開。

啊，是小嵐姐姐的車！小嵐姐姐⋯⋯

曉星喵喵叫着，不要命地跑到了小嵐的車子前。

嘎的一聲，司機險險地在離曉星半米遠的地方把車煞停了。

「什麼事？」坐在車子裏的小嵐和曉晴嚇了一跳，異口同聲問道。

司機心有餘悸地答道：「前面有貓攔車。」

「有貓攔車？」小嵐和曉晴臉上露出詫異神色，不約而同地解開安全帶，打開車門下了車。

「喵～～小嵐姐姐，曉晴姊姊，我回來了！」曉星看到小嵐和曉晴，喜極而泣，終於回到家了，終於和姐姐們團聚了。他委屈地向姐姐們訴說，可惜聽在小嵐和曉晴耳裏只是「喵喵」的叫聲！

一隻小貓背着一隻小小貓，小貓在流眼淚，這就是小嵐和曉晴看到的情景。

兩顆少女心「啪啦」一下碎了。兩人撲了上去。

好萌好可憐的小貓咪！

小嵐一手抱起了小毛球，曉晴就一手撈起了曉星。兩個人像抱小嬰兒一樣把小貓抱在懷裏。

小嵐用兩隻手的手心捧着小毛球，小毛球睜着兩隻大眼睛萌萌地看着小嵐，還咧了咧嘴巴，露出了幾隻小尖牙，好像在笑呢！小嵐簡直喜歡得不行：「好小好可愛的貓咪，你是特地來找我們的嗎？」

　　曉晴抱起曉星，把曉星親了一下：「哦，別哭別哭，有什麼事姐姐幫你。」

　　曉星好感動，剛止住的眼淚又再流了出來。姊姊還從來沒有這樣親過自己呢，他把小腦袋在姊姊懷裏拱啊拱的，感到很溫暖。

　　「我們收養小貓吧！」小嵐和曉晴異口同聲地說。兩人不禁笑了起來。哈哈哈，好朋友就是這樣心意相通。

　　「公主帶回來兩隻貓！」消息一下子傳遍了嫣明苑。

　　嫣明苑裏都是年輕女孩子，她們向來喜歡小動物，這下子全跑來看，把兩隻小貓圍在中間。

　　嫣明苑本來養了松鼠和小豬笨笨，但後來小嵐覺得還是讓小松鼠回歸大自然比較好，所以把小松鼠送回烏莎努爾大森林了。現在只剩下一隻小香豬笨笨，

因此姑娘們一直都很想公主再帶些小動物回來。現在見到兩隻小貓咪，都開心死了，你摸一把，我摸一把，把小貓的毛毛弄得亂糟糟的。

小嵐見到兩隻貓咪都有點髒，猜牠們一定走了很遠的路，便說：「好啦好啦，以後跟貓咪玩的機會有的是，咱們先給牠們洗個澡，再讓牠們吃點東西。」

「公主，我來吧！」女管家瑪婭和另外一名宮女，一人抱起一隻貓，「洗白白」去了。

等小貓咪洗過澡，又把毛毛吹乾，已經到午飯時候了，瑪婭把他們抱到飯廳，放到餐桌上。

洗得乾乾淨淨的小貓萌萌地站在餐桌上，小黃貓圓頭圓腦的，身上黃毛泛着金色的光澤，一雙寶石般美麗的藍眼睛顯得靈氣十足；小花貓身體小小的、毛茸茸的，就像一個圓圓的小絨球，兩隻翡翠般漂亮通透的綠眼睛老是透着好奇。

「天哪，怎麼可以這樣可愛呢！」小嵐和曉晴兩個人只在餐桌上，簡直看呆了。

小嵐用指頭點點小毛球的鼻子，說：「喂，你有名字嗎？我給你起一個。嗯，看你圓滾滾像個小毛

球，就叫你小毛球好了。」

小毛球朝小嵐喵喵叫了兩聲，牠想告訴小嵐，人家本來就叫小毛球嘛！

小嵐又摸摸曉星的腦袋，說：「那你又叫什麼名字呢？嗯，還是我來給你起一個吧！叫什麼名字好呢……」

小嵐姐姐，我叫曉星啊！曉星喵了幾聲，用殷切的眼神看着小嵐。自從在大門口見到小嵐的那一刻起，他就想向小嵐發出訊息，說出自己身份。但無奈他怎樣叫，也都只能發出喵喵聲，這可把他愁死了。

這時幾名宮女捧來了晚餐，曉星抽了抽鼻子，哇，有我喜歡的炸雞腿啊！吃飽肚子再想別的。他嗖的一下朝雞腿跑過去，叼起一隻，狼吞虎嚥大嚼起來。反正自己現在是隻貓，不會有人怪自己不講餐桌禮儀的。

這小貓喜歡吃雞腿！小嵐和曉晴交換了一下眼神，曉晴說：「看牠那饞樣，我還以為是曉星回來了呢！不如，就把他叫曉星好不好？」

正在忙着吃雞腿的曉星把雞腿一扔，朝小嵐和曉

晴喵喵叫着，我就是曉星啊！

可惜小嵐和曉晴聽不懂他的話，小嵐還笑着說：「咦，貓咪一定是在抗議呢，他好像不喜歡曉星這個名字。」

「曉星快過來，我給你吃好東西！」曉晴朝曉星叫道。

曉星急忙跑過去，朝曉晴大喊着：姊姊姊姊，我真的是曉星啊！

曉晴高興地說：「啊，貓咪過來了，牠喜歡曉星這名字呢！」

「哈哈，等曉星從朱地國回來，一定得氣死。」小嵐笑得肚子痛。

「我就是想氣他，誰叫他那麼懶，每天就發那麼幾句話回來，照片也沒發一張。回來後一定要給他好看！」曉晴哼了哼，又夾了一塊煎得香噴噴的三文魚，放在一個空碟子裏，「曉星，給你吃，可香了！」

哼，要給我好看？那我現在就要給你好看！曉星個轉身，把小屁屁對着曉晴，繼續吃他的炸雞腿。

「喂，臭曉星，怎麼不理我。」曉晴用手輕輕拍

了拍曉星的小屁屁。

曉星扭頭兇兇地朝曉晴齜了齜小尖牙，又「噢嗚」地吼了一聲。

曉晴嚇了一跳：「啊，你這臭小貓，怎麼脾氣跟曉星一樣壞，哼，你不吃，我給小毛球吃。小毛球，來呀來呀，來吃魚魚！」

曉晴把碟子放到小毛球面前，沒想到小毛球只是用鼻子碰了碰，又轉身去吃牠的貓糧了。他喜歡吃起貓糧來咯嘣咯嘣的聲音，他覺得自己能吃那麼硬的東西很有成就感。

「哼，臭小貓，你們不吃我吃！」曉晴夾起三文魚，自己大口吃了起來。

小嵐一邊吃飯，一邊滿有興趣地看着曉星，她總覺得這不知從哪來的小貓咪有點熟悉的感覺。難道是以前見過？不會啊，黃毛的小貓普天下多着呢，不會給自己留下什麼特別印象的。

曉晴吃了幾口，問小嵐說：「你這次出國訪問的日期，會改到什麼時候？」

小嵐喝了一口果汁，擦擦嘴，然後說：「起碼要

半年後了。海蒙國的酒城發生大地震，國王和大臣們都忙着處理震後救災的事，所以我們也沒有必要去給他們添麻煩了。」

曉晴説：「傷亡情況怎樣？」

小嵐一邊用刀切着一塊餡餅，一邊回答説：「也算幸運，地震那天剛好是酒城的潑酒節。所以沒有死人，受傷情況也不嚴重。」

「哦，那就好！」曉晴點點頭，她又表示疑惑，「潑酒節是什麼節日？跟地震傷亡有什麼關係？」

小嵐回答説：「當然有。酒城盛產酒，每到潑酒節這天，人們都會從家裏跑出來，聚集到空曠地方，手拿啤酒瓶互相噴射。就連病人也會由看護或者家人從屋子裏帶出來，好沾點酒星子。酒城人認為，只要沾上了酒，這一年裏就會沒病沒災，順順利利。」

曉晴恍然大悟：「原來是這樣！因為是潑酒節，人們全都從家裏跑了出來，聚到空曠地方，所以避過一劫。」

「對。不過，經濟損失就不少，很多房屋倒塌，工廠無法生產，商店無法營業，市民也無家可歸，急

需大量資金幫助重建。」小嵐皺了皺眉頭，又繼續說，「萬卡哥哥昨晚召開緊急國務會議，決定由國家撥款十億援助海蒙國。國內幾個慈善機會，也準備組織社會各界舉辦賑災大匯演，現場捐款……」

曉星低頭吃雞腿，耳朵卻一直在聽兩位姐姐說話，這時他才明白小嵐姐姐為什麼沒有出國訪問。原來海蒙國發生地震了。

曉晴問：「我們學院準備參加嗎？」

「當然參加。」小嵐這時已經吃好了，她擦擦嘴，說，「明天下午學生會開會，討論參加首都賑災大匯演的事，我也會去聽聽。咦，你最近不是被選為學生會文藝幹事嗎，你應該也得參加會議呀！」

「是嗎？學生會開會都是是用電郵通知的，我今天還沒登入電郵信箱呢，現在馬上看看。」曉晴拿出手機刷了一會兒，「噢」的喊了一聲，「有通知。明天下午兩點，地點在學生會活動室。」

小嵐說：「你可以先考慮一下，準備搞什麼樣的節目。」

曉晴是個熱心的女孩，她興奮地說：「好，保證

不辱使命！」

小嵐又補充了一句：「大匯演會獲得最多捐款的表演機構，會由國際慈善基金會授予『抗震救災愛心天使』獎盃。」

「啊，真的?!」曉晴向來好勝，一聽便興奮地說，「小嵐，咱們一定要拿到這個獎盃，我們要做抗震救災愛心天使！小嵐，你對節目有什麼建議……」

兩個姐姐開始討論起大匯演節目來了。曉星在一旁感到很失落，海蒙國是烏莎努爾友好鄰國，年初他們的國王和小王子來訪問，他還和小嵐、曉晴兩個姐姐一起帶小王子去遊玩呢，他和小王子交換了微信，成了朋友。海蒙國遭遇天災，本來自己應該出一分力幫助他們度過難關的，但現在卻什麼也做不了。唉，真讓貓沮喪。

第十一章

憋屈的曉星

　　吃完飯，小嵐和曉晴有事要做，小嵐吩咐瑪婭，帶小貓去看看特地為牠們添置的貓咪屋。

　　貓咪屋好漂亮啊！兩層高，每層都有幾個雕着小喇叭花圖案的小窗口，二樓還有個小陽台。貓咪屋旁邊放着一個攀爬架。

　　「這些東西都是小嵐公主吩咐買的，屋子可以用來睡覺和休息。這攀爬架是給你們爬上爬下玩兒兼做運動的。這爬架下面的兩隻小碗裏分別有貓糧和涼開水，這裏還有個便盆，記得便便都要在便盆哦，如果到處拉，會打你們小屁屁的哦。」瑪婭像吩咐小朋友一樣，耐心地跟兩隻小貓咪說話，又輕輕地把他們放進了貓咪屋，「去看看你們的新家吧！早點睡哦，乖！」

　　貓咪屋有五十多呎，只有兩隻小貓居住，寬敞得

等於是人類的「千呎大屋」了。屋裏有兩張已經鋪上小被子的牀，看上去很柔軟舒適。小毛球一進去就興奮地跑來跑去，小爪子拍拍這裏摸摸那裏，還在柔軟的小牀上打着滾。

看到小毛球「噠噠噠噠」像匹小馬駒那樣跑得歡，曉星心裏不禁來氣，原來這小東西已經跑得那麼利索了，一路上竟然還賴在自己背上，累得自己現在仍渾身酸痛。

小毛球自個兒瘋玩了好一會兒，才突然想起了貓哥哥。看到曉星閉着眼睛仰面朝天躺在一張小牀上，便跑過來試探着用手拍了拍曉星的臉，見他沒有動，就「噠噠噠噠」跑到另一張小牀上，學曉星那樣仰面朝天躺了下來，乖乖睡了。

其實曉星並沒有睡着，回想這幾天經歷的事情，真像做了一場惡夢。他很慶幸自己能從貓販子的魔爪下逃出來，不然可能已經成為悅南國人餐桌上的美食了。想想都覺得可怕！

因為他一覺醒來便已經變成了一隻貓，身處一個關着很多貓的倉庫裏，所以對之前被外星人擄走，之

後又被小流氓偷走的事一點都不知道，因而始終都想不明白，貓販子究竟是怎樣把他變成一隻貓的。

怎樣才能讓小嵐姐姐知道自己的身分呢？想啊想啊，時間不知不覺地過去了，小嵐姐姐應該回到自己房間了吧！嗯，馬上去找她。

小嵐住的地方是個大套房，包括臥室、書房、客廳、浴室。小嵐喜歡大自然，所以書房和客廳都有一面全是玻璃，只要打開布簾，坐在室內也可以看到美麗的園景。玻璃幕牆上有個小門，一拉開就可以出去花園。

曉星很了解小嵐的作息習慣，知道她這時應該還沒睡，會在書房看書或上網，於是，他走到小嵐的書房外，透過玻璃幕牆向屋裏張望。雖然有布簾遮住，不過，還可以隱約見到裏面有燈光。曉星趕緊用小爪子去抓那道玻璃門。

曉星沒有料錯，小嵐果然正坐在書桌前看電腦。爪子撓玻璃的聲音，發出「吱吱」的刺耳聲音，在寧靜的夜裏格外清楚。

「咦，曉星回來了？」小嵐一喜。

因為曉星之前常幹這樣的事，晚上不想睡覺就來找小嵐玩，正門不走偏愛走玻璃門，還喜歡扮小動物用指甲抓玻璃。

　　小嵐馬上過去拉開布簾，然後又拉開小門，喊道：「曉星，你回來了？」

　　「喵⋯⋯」曉星開心得跳了起來，難道小嵐姐姐已經知道自己身份？！

　　小嵐聽見貓叫聲，知道自己誤會了，抓玻璃的不是人類曉星，而是小貓曉星。她彎下身子抱起曉星，說：「原來是你這小傢伙。怎麼你跟曉星一樣喜歡抓我的玻璃門？調皮！」

　　曉星有點失望，還以為小嵐姐姐知道自己是誰呢！

　　小嵐把曉星抱進書房，她坐到沙發上，把曉星放在自己身邊。曉星做人時最喜歡躺沙發了，所以馬上四腳朝天地躺了下來。

　　「呃？」看着他懶洋洋的模樣，小嵐有點詫異，咦，這小貓的習慣怎麼跟曉星這麼像？

　　她用手點點曉星的鼻子，說：「怪不得曉晴要給

你改名做曉星，你真的跟他很像呢！」

曉星一把抱住小嵐的手指，委屈地說，人家本來就是曉星嘛！

可惜小嵐聽不出來。她聽到的只是「喵喵喵」的聲音。曉星很無奈，他坐了起來，兩眼看着小嵐，小聲地很可憐地叫着，心裏想，怎樣才能讓小嵐姐姐知道自己是曉星呢？他突然看見書桌上有一隻杯子，咦，那是自己的杯子呢！去朱地國的前一天晚上，他捧着自己的杯子來這坐了一會兒，走的時候忘記拿了。

曉星「噗」地從沙發跳到了書桌上，他用爪子不住地拍着自己的杯子，一邊拍，眼睛一邊朝小嵐看。

小嵐愣了愣，莫非小貓想喝水？於是趕緊拿隻小碟子倒了一點暖開水，放到書桌上，對曉星說：「暖的，快喝。」

不是啦！曉星鬱悶死了，小嵐姐姐你這麼聰明，怎麼就猜不到我的意思呢！

其實也難怪小嵐猜不到。她是很聰明，不過她怎麼也沒有想到曉星會變成一隻貓，所以根本沒往這方面想啊！而且，曉星在朱地國，每天都定時發訊息回

來，就在昨天晚上還收到過呢！

曉星沒喝水，他仍然固執地一下一下地去拍自己的杯子。希望小嵐能明白過來。

這時，臥房外面有人在喊：「小嵐，開開門。」

是曉晴。曉星心裏很沮喪，今天晚上就別想達到目的了，自己姊姊比小嵐姐姐笨多了，小嵐姐姐沒猜着的事，她就更猜不到了。

曉晴一進來就看到了曉星，她瞪大眼睛：「咦，曉星貓？」

小嵐聳聳肩，說：「這小傢伙進來以後就跑到我書桌上，用爪子拍曉星的杯子，我還以為他想喝水，但給水牠又不喝。不知道牠在表示什麼。」

「拍杯子？又不是想喝水？哦，我明白了！」曉晴一拍大腿。

曉星精神一振，小心臟噗噗地跳了起來，天哪天哪，難道姊姊明白我想說什麼？他急忙豎起貓耳朵，聽姊姊怎樣說。

這時聽到曉晴說：「他用手拍杯子，但又不是想喝水。小嵐你想想，什麼東西跟水有關聯的？小便

嘛！曉星貓想尿尿。」

　　我暈了！曉星絕望地躺倒在書桌上。

　　「看，牠不再拍杯子了！肯定是我猜對了。」曉晴得意地說着，又拉開書房門朝外面喊了一聲，「有人嗎？來帶小貓去尿尿。」

　　一個守夜的小宮女應了一聲，走進來抱起曉星，出去了。

　　「喵，我抗議！我不是想尿尿哪！」曉星一邊掙扎一邊大叫。

　　「小貓咪乖啦！」小宮女溫柔地安撫曉星。

　　曉星喵喵喵喵地咒罵：該死的曉晴，笨蛋曉晴。

第十二章

貓和小香豬的相遇

早上曉星醒來的時候，迷迷糊糊地還以為自己仍在逃亡路上疲於奔命呢，結果一睜眼，温馨的小屋，暖和的牀鋪，才想起自己已經回家了。

然後又想起了昨晚向小嵐姐姐表明身份失敗的事，不禁有點氣餒，不由得又咒罵了自己的笨蛋姊姊幾遍。

曉星張大嘴巴，打了個呵欠，看看對面牀鋪上的小毛球，小毛球捲成一團，睡得正香呢！

肚子有點餓，曉星走出貓咪屋找吃的。先喝了點涼開水，又吃了些貓糧，小肚子脹脹的，乾脆出去走走，一來消消食，二來從貓的角度去欣賞一下嫣明苑，也是一件有趣的事。

感覺有點奇妙……他不由得把小尖耳朵往後壓了壓。眼前所有東西都變大了，那一排剛種上不久的小

樹變成了參天大樹了，那小噴水池也成了大游泳池，連樹梢上驚起的小鳥，在他眼裏都變得像老鷹那麼大。

那是自己變成貓的緣故。身體變小了，所以看什麼都很巨大。

看着有趣的事物，曉星的心情都變好了，他走到草坪上坐下，把爪子壓在身體下面，做出一個「貓麪包」的樣子。做了一段日子的貓，曉星有時也不自覺地做出一些貓喜歡的動作了。這「貓麪包」的姿勢動作，感覺安全又舒服，加上可以防止體溫散失，很多貓都喜歡這樣坐着。

忽然，身後有腳步聲傳來，曉星還沒來得及轉頭看看，就被誰撞了一下，貓麪包倒了，成了滾地葫蘆。

曉星狼狽地爬起來，啊，撞倒他的竟然是自己的寵物小香豬笨笨！

不過，小香豬現在跟變成小貓的曉星一比，已經成了巨香豬了。

小香豬笨笨朝曉星討好地哼哼着，還想繼續用腦

袋去蹭他。曉星不想再次倒地，慌忙往後退。

小香豬顯然認出了自己的小主人曉星。好厲害，都變成動物了，還能認出來？！

其實，小香豬是憑着嗅覺認出來的。

大家都知道狗的嗅覺很靈敏，在很多故事中，很多狗狗利用氣味幫助警方千里追兇抓獲罪犯，大顯神威，所以很多人都以為狗是最厲害的。但事實上，豬的嗅覺比狗還要靈敏，牠的嗅覺細胞要比狗的嗅覺細胞多好多倍。

小香豬笨笨以前就很黏曉星，總喜歡用身子蹭他的腳表示友好。所以這時見到曉星，也像以前一樣跟小主人親熱，沒想到貓咪小小的身體怎抵得住牠這麼一蹭，所以摔倒了。

曉星生氣地朝小豬笨笨喵了一聲，小豬笨笨嚇得後退了幾步。牠傻傻地看着曉星，不知小主人為什麼不但換了一個外殼，連聲音也變得這麼奇怪。

曉星突然覺得好心情沒有了，如果不能變回人類，那就連小豬笨笨也可以欺負他了。

曉星撒腿跑了。他不想見到小豬笨笨，不想在牠

面前顯出自己的「小」來。沒想到小豬笨笨就是跟着他，很努力地履行着跟班小弟的職責。曉星轉身朝牠「噢」地吼了一下，也沒能把牠趕走。

兩個傢伙就這麼別別扭扭地走了一小段路，來到了一棵石榴樹底下。石榴樹已經長出了果實，微風吹過，可以聞到陣陣清香。曉星使勁嗅了嗅，不禁想起每年石榴成熟時，他們「嫣明苑三人組」摘石榴的快樂情景。

小嵐身手靈活，所以很容易就爬到樹上了，曉星在樹下看着眼饞，常常央求小嵐助他上樹，小嵐每次為了拽他上去，都大費周折。曉晴也想上去，但可惜從來沒有成功過，小嵐和曉星兩個人一起拽都沒法把她拽上去。曉星説是因為她太胖了，而她卻説自己身輕如燕，一口咬定是曉星「出工不出力」才令她上不去，硬是把曉星追得抱頭鼠竄。

回憶令曉星很開心，他咧開嘴笑了起來，露出兩隻小尖牙，這讓小豬笨笨有點害怕，以為小主人要咬牠，嚇得一溜煙逃跑了。曉星見跟屁蟲走了，鬆了口氣，便用爪子扒住樹幹，利落地爬上樹，在一個穩固

又舒適的樹椏上坐了下來。

這是曉星的固定位置，他以前每次上樹，都會選擇在這裏坐着，一邊看風景一邊摘石榴吃。

曉星坐好後，就伸手摘了一個青青黃黃的石榴，咔嚓咬了一口。他心裏不由得有點得意，以前看到小嵐會爬樹，他就羨慕得不行，現在自己也能上樹了，上得比小嵐姐姐還要利索很多呢。

第一次覺得做貓也有好處。

小嵐和曉晴吃完早餐，從餐廳出來時見到了在走廊裏尋尋覓覓的小毛球，小毛球一見到兩個小姐姐就喵喵地訴苦，因為牠找不見貓哥哥了。小嵐和曉晴雖然聽不懂貓語，但見到小毛球孤零零一個，就知道牠在找自己的小伙伴。

「在找曉星貓嗎？好，姐姐帶你去找。」曉晴見到小小貓可憐巴巴的樣子，心都軟了，急忙抱起牠。

小毛球使勁往曉晴懷裏鑽，這個不喜歡自己走路的懶傢伙，又賴上小姐姐了。

小嵐料想曉星一定是跑到花園裏了，便和曉晴，還有小毛球朝那邊走去。小嵐一眼就看到了石榴樹上

的曉星，那傢伙坐在一處粗大的樹椏上，用兩隻前爪抱着個石榴，像隻小松鼠那樣啃得正歡。

「喵～～」小毛球這時也看到了曉星，牠仰起小腦袋，拼命朝他叫。

曉晴也發現了在起勁地吃石榴的曉星，忍不住哈哈大笑說：「看來叫這饞貓做曉星真是叫對了，真是跟我那弟弟一個德性，一樣的貪吃。」

「噢！」曉晴的笑聲突然變成了驚叫，原來曉星竟然從樹上摘了一個剛長出來的小小的石榴，朝她一扔，正中她的額頭……

「你這個壞小孩，看我不打你……」曉晴氣急敗壞之下，竟然把小貓當弟弟罵了。

曉晴放下小毛球，抱着樹幹就想爬上去揍那可惡的傢伙，不過不管她怎樣努力，還是無法征服那光溜溜無處下手的樹幹。

曉星在樹上更得意了，又是擠眼睛又是吐舌頭扮鬼臉，把曉晴氣得要哭了。

小嵐看得瞠目結舌，這是一隻什麼怪貓？！不知怎的，她突然聯想起那個去了朱地國的傢伙。

小嵐正奇怪自己怎麼會從一隻小貓想到一個人身上去，口袋裏的手機響了。

「喂！好，我們馬上來。」小嵐聽完電話，朝曉晴說，「學生會討論節目的會議提前上午開，我們走吧！」

正在指着樹上小貓大罵臭小孩的曉晴，只好惱火地跟着小嵐走了。

第十三章
助人為快樂之本

曉晴和小嵐離開後，曉星又吃了一個石榴，拍拍脹鼓鼓的小肚子，懶洋洋地伸了個大懶腰，然後又再爬高了一些，那是小嵐姐姐都沒能到達的高度。可以比小嵐姐姐爬得更高，這讓他很有成就感。

瞅瞅樹底下，小毛球自從兩個姐姐走了後，就很努力地用小爪子扒着樹幹往上爬，只可惜爬不了幾寸又掉了下去，但牠仍堅持不懈地爬着。看樣子牠很想像貓哥哥那樣站高高，那實在太威風了。

瞧瞧稍遠一點，他看見了一直鬼鬼祟祟躲在灌木叢後面，用兩隻小黑豆眼看熱鬧的小豬笨笨，這蠢傢伙還以為躲那裏沒有人看得見牠，沒想到老是一甩一甩的尾巴把牠出賣了。

曉星的視線離開了那兩個蠢傢伙，望向皇宮外面，遠遠的那條大道好像有募捐活動呢！

曉星決定出去瞧瞧。他從樹上「噗」地一跳，順利跳到了皇宮的圍牆上，正準備再跳到宮外時，發現離地面有兩米多高，不禁有點心怯。便抓着一根柔軟的樹枝，往下一蕩，然後順勢跳到地上。

　　我曉星做人時智慧過人，做貓時也聰明無比，哈哈！曉星自我陶醉了一回。

　　曉星見到一羣學生，脖子上掛着募捐箱子，在為海蒙國災民募捐。

　　「叔叔，我們是為海蒙國災民募捐的，請支持一下！」

　　「姐姐，請捐出你的愛心！」

　　「謝謝伯伯，我代表海蒙國災民謝謝您！」

　　……

　　路人都踴躍捐出善款，五元，十元，二十元、五十元……或多或少，表示自己對災民的關愛和支持。

　　曉星留意到，有個穿着藍色校服的女孩子，怯生生地站在路邊。她看上去很害羞，一直不敢主動開口找人捐錢，而走過的人也沒留意這個存在感很低的小

女生。熱心助人的曉星心想，讓我助你一把吧！於是，他朝女孩子走了過去，站在她旁邊。

女孩子發現身邊來了一隻貓，低頭驚訝地瞅着，不知道這小貓跑來幹嘛。莫非自己身上有魚腥味？她聞聞手，聞聞身上，沒有啊！

這時有行人過來了，曉星朝那走近的阿姨喵喵喵地叫了起來。叫聲引起了阿姨的注意，她停了下來，看看曉星，說：「好可愛的貓咪！」

阿姨蹲下來，摸摸曉星的腦袋，逗了他一會兒。站起來時，留意到了曉星旁邊的女學生：「小同學，你是為地震募捐嗎？好，阿姨支持一下你。」

阿姨說完掏出錢包，拿了一張二十塊的紙幣，放進了女學生的募捐箱。

「謝謝謝謝！」女學生激動得滿面通紅，她朝阿姨鞠了個躬。

阿姨走了，又走來一個大叔，大叔牽着一個小男孩。曉星朝他們喵喵叫了幾聲，大叔和小男孩馬上看了過來，見到小貓和募捐女學生站在一起，小男孩激動地對大叔說：「爸爸，小貓咪要我們捐錢呢！」

那位大叔笑了：「小貓咪會叫人捐錢，真了不起！」

說完，他拿了一張五十塊錢的紙幣，放到小男孩手中，讓他放進女學生的募捐箱。

小男孩捐了錢，又跟貓咪玩了一會，依依不捨地走了，還不住地扭頭朝貓咪揮手拜拜。因為有了曉星，越來越多人注意到了女學生，也越來越多人把錢放進女學生的募捐箱，女學生開心得臉上都發着光。

女學生感激地對曉星說：「謝謝小貓咪！」

在曉星的帶動下，女學生也慢慢地由小聲到大聲，開口叫行人捐款，曉星趁着女學生忙碌的時候悄悄地離開了。

怪不得人們常說「助人為快樂之本」，曉星幫助了學生姐姐，覺得心情很好。他一邊行貓步，一邊自我安慰，反正照樣能吃能喝能幫助人，做一陣子貓又如何，總有一天小嵐姐姐會明白我是誰，會幫我變回英俊瀟灑玉樹臨風的小公子曉星。

一片樹葉從路邊的樹上掉下來，曉星敏捷地用爪子一拍，把它拍在地上，踩了兩下，又用爪子切成幾

小塊。一陣風吹來，碎葉子吹走了，曉星的煩惱也好像一塊吹走了。

突然，曉星耳朵動了動，看向前面一個方向。

那裏有張長長的木椅子，椅子上坐了個小男孩，小男孩在小聲地哭泣。

他附近沒有大人，難道是迷路的小孩？

曉星走了過去，跳上木椅子，歪着腦袋看着小男孩。

小男孩抽抽泣泣的，小臉上還髒了一小塊，看上去挺可憐的。見到有隻可愛的小貓咪坐到身邊，他驚喜地喊了一聲：「小貓咪！」

小男孩把曉星抱起來，輕輕地摸着他的毛，抽泣着說：「小貓咪，你也是迷路了，找不到爸爸了，是嗎？嗚嗚……」

「喵……」曉星抬起頭同情地看着小男孩。

曉星用腦袋蹭蹭小男孩的臉，心想，對，我也是迷路了，迷失在貓世界，回不去人類社會了。

小男孩繼續說：「我叫瑄瑄，我可以幫到你嗎？你爸爸是誰？哦，記起來了，我昨天看見對面三樓的

陽台上有一隻大貓在曬太陽，那一定是你爸爸！要是我找到爸爸，我就叫他帶你去找爸爸。可是，我現在都不知道爸爸在哪裏。」

瑄瑄說到這裏，扁了扁嘴，抽泣了兩下，又繼續對曉星傾訴：「爸爸說帶我去樂高店買玩具，爸爸去交錢，要我乖，好好的等他。後來，我看見一個小哥哥了，小哥哥的飛機很漂亮啊，很大啊，我就喜歡又大又漂亮的飛機。我跟着小哥哥看飛機，走着走着，就找不到爸爸了……」

從瑄瑄的敘述，曉星拼出了他的走失過程——瑄瑄老爸帶他去樂高店買玩具，選好玩具後爸爸去交錢，讓他老老實實站一邊等着。但是瑄瑄見到店外面有個哥哥拿着一架飛機走過，那飛機正是他喜歡的那種。於是瑄瑄就忘了爸爸的叮囑，跟在哥哥後面，走出了玩具店，離開了商場，然後又走了一段路，等到發現不對時，他已經遠離商場，找不到回去的路了。

這種事曉星也經歷過，不過令他迷了路的不是飛機，而是一隻炸雞腿。

曉星三歲時，已開始有了「貪吃鬼」風範，有一

次媽媽帶着他上街購物，過程中見到有人吃雞腿，那香味引得曉星跟了一路，跟着跟着就找不到媽媽了。幸好遇到了兩名巡邏的警察，千方百計幫他找到了媽媽。

樂高店？曉星對這一帶很熟悉，他知道附近只有時尚中心商場有樂高專賣店，莫非瑄瑄是在那裏走失的？嗯，一定是！自己可以把他帶回那裏，他爸爸肯定是滿商場的找兒子，肯定沒想到兒子竟然自個兒走出了商場，還走了那麼遠。

想到這裏，曉星從瑄瑄懷裏跳下地，喵喵叫了幾聲，就用嘴咬着他的褲腿，把他往中心商場方向拖。

可能是小朋友容易跟小動物溝通，瑄瑄竟然明白了曉星的用意，他説：「小貓咪，你是想我跟你走嗎？你能幫我找到爸爸嗎？」

曉星點了點頭。瑄瑄高興地歡呼了一聲，站起來跟着曉星走了。

回時尚中心商場要過兩條馬路，可想而知剛才瑄瑄來的時候有多麼危險。現在就不怕了，曉星領着他，等綠燈亮了才走，很平安地過了兩條車水馬龍的

馬路，又再走了幾分鐘，就到了時尚中心商場。

瑄瑄很激動：「我爸爸剛才就是帶我來這商場的！謝謝小貓咪，小貓咪你好聰明哦！」

曉星得意地豎起了尾巴，本公子不管是做人還是做貓，都很聰明的。

曉星把瑄瑄一直帶到了樂高店，瑄瑄在店裏找了一遍，卻沒有找到爸爸，他扁着嘴，對曉星說：「沒有爸爸，爸爸也迷路了！」

曉星本來也沒寄望能在樂高店見到瑄瑄爸爸，他發現在店裏找不到兒子，肯定會跑出去找的，但這麼大型的商場，爸爸一個人找很困難，所以，他很可能會找商場管理處幫忙……

於是，曉星又咬着瑄瑄的褲腿，把他拉出了樂高店，然後又上前帶路，把瑄瑄帶到了位於一樓的管理處。

管理處的門虛掩着，曉星正探頭探腦地朝裏面看，剛好有位年輕女職員回來了。

她見到一隻小貓和一個滿臉淚痕的四五歲小男孩，又沒有大人跟着，不知發生了什麼事，便在瑄瑄

面前蹲下來，親切地問道：「小朋友，有什麼事要我們幫忙嗎？」

「我爸爸迷路了，我找不到他，嗚嗚嗚……」瑄瑄見到關心自己的人，禁不住又哭了。

「哦，小朋友乖，不哭不哭，阿姨幫你找爸爸。」年輕女職員邊說邊推開管理處的門。

管理處裏有一位叔叔在，見到年輕女職員走進來，叔叔問：「胡主任，開完會了？」

「嗯。」原來這年輕女職員是管理處主任。

「進來吧。」胡主任扭頭對瑄瑄說。

叔叔見到瑄瑄和一隻貓進來，便問：「這孩子是……」

胡主任說：「在門口碰見的。他跟爸爸走散了，來找我們幫忙。」

「啊，剛才就有一名男士來求援，說是他五歲的兒子不見了，管理處其他同事都出去幫他找人呢！莫非這孩子……」叔叔急忙走了過來，問瑄瑄，「小朋友，你叫什麼名字？」

瑄瑄說：「我叫瑄瑄。」

叔叔大喜道：「原來就是你，你爸爸都快急死了！我得趕緊告訴他。」

　　叔叔拿起手機撥通電話，然後大聲說：「劉先生嗎？你兒子在管理處，你趕快來！」

　　不一會兒，管理處的門被人大力推開了，一個三四十歲的男子衝進來，他滿頭大汗，頭髮也凌亂着，瑄瑄一見到他，便撲了過去，喊道：「爸爸，爸爸！」

　　「瑄瑄，急死爸爸了！」劉爸爸一下跪到地上，把兒子使勁地摟着，好像怕摟不緊人就會飛走似的。

　　好一會兒，父子倆才從失而復得的激動中清醒過來，爸爸站起身，對胡主任和另外那位叔叔鞠了個躬，激動地說：「謝謝你們幫我找到兒子。謝謝，真是太感謝了！」

　　胡主任笑着說：「不用謝，這是我們應該做的。不過，我們也沒幫你多少，你兒子太聰明了，他是自己上這來找我們幫忙的。」

　　「啊，真的嗎？」劉爸爸驚訝地問兒子。

　　「不是啦，是小貓咪的功勞。」瑄瑄把曉星抱了

起來，告訴爸爸，「我想看飛機，跑到商場外面了，回不來了。小貓咪把我帶回來，又帶到叔叔阿姨的辦公室，讓叔叔阿姨幫忙找爸爸。」

胡主任笑着説：「小朋友真謙虛，一隻小貓怎麼知道幫助迷路小孩找爸爸呢，小朋友看童話故事看多了吧！」

瑄瑄嘟着嘴説：「是真的！」

「好好好，爸爸知道是真的。」爸爸抬手摸摸曉星的腦袋説，「小貓，謝謝你幫瑄瑄找爸爸。」

「喵⋯⋯」曉星應了一聲，然後從瑄瑄懷裏跳下地，又回頭朝瑄瑄喵了一聲算是説再見，然後就撒腿跑了。

午飯時候快到了，姐姐們找不到自己會着急呢！

「小貓咪，別走！」瑄瑄不捨地追了幾步，但曉星早已一溜煙跑遠了。

「爸爸，小貓咪走了。我要小貓咪，我要小貓咪⋯⋯」瑄瑄哭了，他實在捨不得小貓咪。

「不哭不哭，回頭爸爸給你買一隻小貓，好不好？」爸爸哄道。

「不要，我就要幫助過我的小貓咪。」瑄瑄使勁扭着身子。

「好好好，我把剛才那隻小貓咪找回來，讓牠陪你玩。」

爸爸想，反正每隻貓的模樣都差不多的，找一隻大小和顏色相似的給兒子就行了。

曉星「啪嗒啪嗒」地跑回皇宮去。他出來一個上午，做了兩件好事，幫了小女生和瑄瑄，這讓他很開心。

第十四章

另一個時空的曉星是貓？

曉星跑回皇宮圍牆外，找到了種着石榴樹的地方。他用爪子撓撓頭，怎麼回去呢？他試着使勁往圍牆上一跳，第一次跳不上去，還把鼻子撞痛了。再來，第二次還是跳不上去，牙齒被磕了一下，小尖牙差點折斷了。不過曉星是隻百折不撓的貓，再來！第三次跳，哈哈，終於跳上了牆頭。

曉星驕傲地站在牆頭，心想我真行啊！看來回來那天跳不上來，完全是因為背着小毛球的緣故。這次還是走舊路，從圍牆跳過去抓住樹枝，再從樹上溜下地，哇，太利索了，自己以後出門就方便多了。

遠遠見到草坪上有兩個傢伙在鬧騰，原來是小毛球和小香豬笨笨。只見小毛球熟練地爬到了小香豬背上，小香豬似乎不甘心被騎，就使勁甩呀甩呀，把小毛球一下甩地上了。小毛球不服氣，又再爬上去，又

被甩，就這樣被甩好幾次，小毛球終於穩穩地扒在小香豬背上了，小香豬不管怎麼甩也沒能把牠甩下，小毛球就像長在牠背上似的。

曉星小時候也喜歡賴在爸爸身上玩「騎牛牛」，但絕對不會像小毛球這樣死纏爛打。這傢伙不知怎的總不想走路，真是天生的懶骨頭。

一見到曉星出現，兩個傢伙都不約而同叫了起來。一個是高興地告訴曉星，自己有本事讓小香豬騎高高了，不用再麻煩貓哥哥了；另一個則是委屈投訴，沒天理啊，自己堂堂寵物小香豬，竟然要給一隻小貓咪當牛牛騎。

曉星沒理這兩個笨傢伙，自顧自去餐廳找兩位姐姐。由牠們折騰去！

小嵐和曉晴果然在餐廳裏，她們在討論節目的事。上午的會議決定學院出兩個節目，一個舞蹈已經定了，是由學院舞蹈隊跳荷花舞。荷花舞這節目他們一年前參加全國學界演藝大賽時演出過，只需排練幾次就可以上台。

另一個節目是唱歌。上午討論時，大家都提了很

多建議，獨唱，合唱，還是二重唱，或者更大膽的無伴奏人聲合唱*，但最後仍未有定論，因為大家都想創出一點新意思。學生會決定把這個節目交由曉晴負責，並要她今天內提出可行的方案。

「無論如何，我們這次都要排一個最精彩、最有特色、水平和創意都壓倒全場的節目。」曉晴又捏捏拳頭給自己鼓勁，「嗯，演一個全場最優秀的節目，決不能讓莫邪得逞。」

怎麼這次又跟莫邪扯上關係了？！讀者一定記得莫邪，就是在公主盃足球賽中，被宇宙菁英學院的公主隊打敗的、八達學院霸天隊的隊長。公主盃被宇宙菁英學院捧走，莫邪就一直耿耿於懷，很不服氣，總想報「一箭之仇」。之前成語大賽中，她就出錢請專家培訓陀羅國的參賽隊伍，好讓他們打敗烏莎努爾隊。只是願望落空，讓烏莎努爾隊拿了冠軍。

心中一口怨氣未出，小心眼的莫邪簡直吃不好、睡不安，剛好遇到這次賑災大匯演，又給了她一次認

* 無伴奏合唱：一種沒有樂器伴奏，只用人聲演繹的音樂。

為可以打敗宇宙菁英學院的機會。身為八達學院學生會主席的莫邪，公開向宇宙菁英學院挑戰，發話要壓倒他們，排一個最好的節目，奪取『抗震救災愛心天使』獎盃。

小嵐和曉晴是剛剛聽到消息的。小嵐哼了一聲，覺得莫邪的所為無聊兼幼稚，根本不屑理會；但曉晴就對莫邪一次又一次的挑釁很氣憤，覺得不管是為了籌更多善款，還是打敗莫邪，都有必要排一個最精彩的節目，給莫邪一記狠狠的耳光。

「今天就要作決定了，好傷腦筋啊！」曉晴嘟嘟噥噥的説着。

這時曉星進來了，曉晴一見到他就想起了早上被他用石榴擲中額頭的事，不由圓睜雙眼，説：「好你個臭小貓，早上欺負我，還沒跟你算帳呢！」

曉晴説着，張牙舞爪就想去抓曉星，曉星一溜煙跑到小嵐跟前，往她懷裏一跳，然後伸出腦袋朝曉晴齜着兩隻小尖牙扮鬼臉。曉晴伸手想去抓他，被小嵐擋住了：「嘿嘿嘿，你怎麼啦，曉星在的時候就跟曉星鬧，曉星不在就跟貓鬧，你越活越回去了。」

「咱們不怕哦，姐姐護你！」小嵐把曉星放在桌子上，她看着曉星像藍寶石般的貓眼睛，説，「小傢伙，剛才哪去了？回來找不到你。」

「喵，人家出去做了兩件好事呢！」曉星喵喵喵地説着上午做的事情，求表揚。

只是聽在小嵐和曉晴的耳中，只是一連串的「喵喵喵」，「喵喵喵」，所以也就不存在表揚的事了。這讓曉星有點沮喪。

「聽説最近城裏出現了偷貓賊，以後別自個兒出去玩，讓偷貓賊抓走了，就回不來了。」小嵐用指頭點點曉星的貓鼻子。

這時，三名宮女每人捧着一個盤子進來了，盤子上是三份午餐。曉星見了，馬上跑到他以前坐的位子，可惜他矮矮的，站在椅子上根本連桌上的東西都看不到，只好又砰地跳上了桌子。

一個宮女把裝有一隻雞腿和一碗小魚，還有一碗牛奶的盤子，挪到曉星面前。

小嵐拍拍曉星的小腦袋，説：「咋天看你很喜歡吃雞腿，所以今天讓廚房給你做了一隻。」

「喵……」曉星喊了一聲表示滿意，就用兩隻前爪捧起雞腿，吃起來了。

曉晴朝曉星撇了撇嘴，說：「小嵐，你有沒有發現，這貓很像曉星那傢伙。貪吃、小氣、記仇……嘿，反正曉星有的壞脾氣牠都有。」

曉星停下咀嚼，朝曉晴翻了一下白眼，表示不滿。「你看你看，翻白眼呢！就曉星那德性。」曉晴叫道。

「嗯，我也覺得這小貓咪有些地方跟曉星挺像的。」小嵐點了點頭表示同意。

小嵐姐姐，我本來就是曉星，只是你不認得我了。曉星用幽怨的小眼神看了小嵐一眼。

曉晴突然大驚小怪地說：「我明白了！看過一篇文章，說是有科學家指出，在某個平行宇宙中，會有一個跟我們一模一樣的人。莫非跟曉星一模一樣的不是人，而是一隻貓？這隻貓從平行宇宙中跑到我們這裏來了！」

小嵐哈哈笑道：「曉晴，我覺得你要是寫小說的話，說不定會比曉星還要厲害，你太有想像力了。」

「啊，真的?!我真的能勝過那臭小孩！」曉晴沒聽出小嵐的揶揄，其實她早就不忿曉星常常在她面前以小作家自居了，「我今晚就開始動筆。嗯，寫什麼好呢？對，寫自己熟悉的東西，就寫曉星變成一隻貓，這隻貓是世界上最倒楣的貓，牠一出生，就經歷了被綁架，被打，被追殺，總之厄運連連、九死一生⋯⋯」

小嵐打了她一下：「喂，你究竟對弟弟有多大的仇恨啊，竟然把他寫得這麼慘。」

曉晴哼了哼：「誰叫這小子一天到晚就想氣我，我也來氣氣他。」

這邊曉晴正說得得意，那邊曉星早已火了，他猛地跑過去，把曉晴精心編成的兩根小辮子用爪子一撓，撓了一縷頭髮出來，接着又是一撓、再撓，就那麼幾下子，打扮得美美的曉晴就披頭散髮的，跟瘋婆子沒什麼兩樣了。

「住爪，住爪，臭小貓，看我打你！」曉晴哇哇大叫。就像以往他們兩姊弟打架一樣，還得出動小嵐去調停。

小嵐把齜着小尖牙舞着小爪子的曉星抱回來，曉晴趁着小嵐抱緊曉星的時候，報復地伸手把曉星柔順的毛毛揉得亂糟糟的。

嗨，這兩姊弟！小嵐歎息着。

不過接着她又馬上自嘲地笑了，怎麼自己潛意識把這小貓當作曉星了。

難不成真如曉晴所説的，另一個平行宇宙的曉星貓跑到這來了。哈哈，怎麼會！小嵐又馬上否定了。

曉星不在家，但有這麼一隻脾氣很像曉星的小貓，也很不錯哦！小嵐挑了挑眉，把曉晴不依不饒伸過來欺負小貓的魔爪給擋住了。

這時有兩個傻傻的傢伙來調劑緊張氣氛了。小毛球見到貓哥哥窩在小姐姐懷裏好舒服的樣子，便也跳上桌子，向小嵐求抱抱，被曉星一掌推開了。小嵐姐姐是我一個人的，你撒嬌賣萌也別想做第三者。

小毛球以為貓哥哥跟牠玩，竟抱着曉星一隻手在桌子上滾來滾去，玩得不亦樂乎。

小香豬也跳上了桌子，見到小毛球的樣子，心想，啊，這個老想騎到自己頭上的傢伙，又來欺負我

的小主人了。小主人，我小香豬來救你了！小香豬用身體一撞，小毛球變成了滾地球，滾呀滾⋯⋯

一時間，餐廳內大亂，貓叫、豬嚎、人喊⋯⋯

瑪婭領着幾名宮女進來，好一番努力才把三隻小傢伙安撫好。生怕他們影響公主吃飯，瑪婭把他們帶走了。

小嵐和曉晴繼續吃午飯，這時萬卡過來了。小嵐問：「萬卡哥哥吃了沒有？」

「沒呢，就是打算來蹭頓飯。」萬卡笑着説。

「沒問題啊，萬卡哥哥想吃什麼？」小嵐問。

萬卡看了看手錶，説：「真有點餓了，能快上的就行。」

小嵐叫來小宮女，讓她去廚房讓廚師儘快做一份雜扒餐，配蘑菇湯，再加杯咖啡。

萬卡突然想起了什麼，笑嘻嘻地問：「聽説你們撿了兩隻小貓回來。很可愛吧？」

「剛才還在這裏『大鬧天宮』呢！」曉晴一聽就氣哼哼地説，「本來小毛球是挺乖的，就是讓那隻小壞蛋，那隻曉星貓給帶壞了。」

「曉星貓？怎麼給起了這樣的名字？」萬卡一臉的好奇，「牠怎麼個壞法？」

「沒有啦，我覺得牠滿聰明可愛的。」小嵐興致勃勃地跟萬卡說起了曉星貓的「事跡」。

萬卡聽得哈哈大笑：「怪不得你們把牠叫做曉星，還真的跟古靈精怪的曉星很像呢！」

這時萬卡的飯餐送來了，萬卡一邊吃一邊問起了賑災大匯演的事。小嵐說：「學生會開過會了，已經決定搞兩個節目，一個舞蹈已經定了跳荷花舞，就是去年我們得獎的那個節目。另一個準備唱歌，但還沒想好表演曲目，因為唱歌節目要很出彩不容易，我們肯定沒那些專業歌手水平高，所以要出奇兵。選什麼歌，用什麼形式表演，現在還沒下來，為這事曉晴都愁死了。」

「是呀是呀。」曉晴即時做出一副「愁死」的樣子。

萬卡嚥下嘴裏食物，然後說：「你們怎麼不往曉星貓身上想呢，難道你們不覺得他就是令人眼前一亮的元素嗎？」

「曉星貓?」真是一言驚醒夢中人哪,小嵐的眼睛睜大了,「你意思是,讓曉星貓參加表演?」

萬卡笑着點點頭:「這貓挺聰明的,如果牠能配合做出動作,那肯定吸引到觀眾的眼球。」

小嵐眼睛一亮,說:「對對對!那我們乾脆就選一首有關貓的歌曲,這樣可以讓小貓更多發揮。」

萬卡朝小嵐伸出大拇指,對她的意見表示讚許。

曉晴在一邊聽着,眼睛亮亮的裝滿驚喜。讓貓上節目,這絕對是一大亮點啊,這回有希望拿獎盃了。但她馬上又露出一副煩惱樣子:「不過,曉星貓那傢伙老跟我鬧別扭,不知道牠願不願意幫忙呢!還有,牠畢竟不是人類,萬一牠表演時拉個便便,撒個尿尿,或者亂跑亂叫,那就糟了。」

「不用擔心。牠聽得懂人話,好好跟牠商量,說說好話,應該沒問題。」小嵐挺有信心的樣子。

「那唱什麼歌好呢?目前很受歡迎的貓貓歌,我知道的有小風風和小攀攀唱的《我們都來學貓叫》,還有依靜、毛言唱的《我是一隻貓》,我們選其中一首唱?」曉晴問道。

小嵐躍躍欲試地説：「不用拾人牙慧，我來作一首好了。可能這幾天跟小貓玩的時間多了，我現在感到腦子裏滿是靈感。」

曉晴大喜：「小嵐，真是太好了！有你作的歌，又有小貓跳舞這亮點，加上有天籟之音的天才歌手，我們肯定能爭取到可觀的捐款。」

小嵐看向曉晴，問道：「有天籟之音的天才歌手，誰呀？」

曉晴神秘兮兮地説：「遠在天邊，近在眼前。」

小嵐把曉晴上下打量一番，説：「該不是説你吧！」

曉晴胸膛一挺，説：「就是本小姐。」

小嵐有點嫌棄地看着她：「你們兩姊弟怎麼都一個德性。」

曉晴不樂意了：「還説是好朋友呢，一點都不信我有唱歌的天分。」

小嵐拋給她一個白眼球，説：「天分跟天才，跟天籟之音，差了很多檔次吧！」

「人家不就是説得誇張了那麼一點點嘛！」曉晴

拉着小嵐的手撒起嬌來，「嗯嗯嗯，這樣好了，你寫好歌之後，我唱一遍給你聽，你滿意就由我唱。」

萬卡離開以後，小嵐用了一個小時，就連詞帶曲寫了出來，歌名就叫《我是一隻有愛心的貓》。

「我來唱我來唱！」曉晴拿着歌紙哼唱了一會兒，就把歌唱出來了。於是，她又唱又跳地在小嵐前演繹了一次。

曉晴這回還真讓小嵐刮目相看了。她外型青春亮麗，聲音柔美悦耳，加上輕快活潑的動作，還真是把這首輕鬆有趣、充滿動感的歌發揮到了極致呢！

小嵐基本上認同了由曉晴演唱這首歌，但她又交給曉晴一個任務：説服曉星貓參加演出。

曉晴一百個不願意：「小嵐，求你了，你替我去跟那小氣貓説吧！」

小嵐堅決搖頭：「不行。跟小貓一塊演出的是你。如果你現在不跟牠搞好關係，到時在台上給你搗亂，那就糟糕了。」

第十五章

我是一隻有愛心的貓

「好小貓，美小貓，寶貝貓，幫個忙好不好？」曉晴把下巴擱在桌子上，一臉討好地跟面前的貓咪說話。

曉星身子一扭，把屁股對着曉晴。

曉晴對着貓屁股咬牙切齒的，這死小貓真小氣，比自己弟弟還記仇。好不容易用自己的天籟歌聲説服了小嵐讓自己上台唱歌，現在又要低聲下氣求這臭小貓。

曉晴又放軟聲音：「別那麼小氣啦，你也不用做什麼，只是在姐姐唱歌期間，在適當的地方叫幾聲、扭幾下。幫幫小姐姐，好不好嘛。」

曉星打了個冷顫，竟然跟貓撒嬌，姊姊，你好肉麻。曉星把尾巴一掃，差點捅到曉晴的鼻子。

「呵次！喂，別那麼過分好不好?! 我也是為了

賑災募捐，你這隻臭小貓，竟然不肯幫忙。死小貓，自私貓，壞蛋貓⋯⋯」

「喂喂喂，你態度好點行不行！」小嵐走了進來。

曉晴氣鼓鼓地說：「小嵐，你不知這個傢伙脾氣多麼臭，我好說歹說，口水都說乾了，牠卻不為所動，把屁屁對着我，用尾巴撓我癢癢⋯⋯嘤嘤嘤，連貓也給我氣受，好難過！」

「曉星！」小嵐拍拍手，說，「過來。」

曉星馬上狗腿地叭噠叭噠跑到小嵐面前，朝着她討好地喵喵着。

曉晴好氣啊，怎麼同人就不同命呢？

小嵐把曉星抱起來，用手指頭點點他旳鼻子：「喂，今天不乖了，淘氣欺負姐姐了。你知道嗎，這個節目是代表我們學校的，演得好，觀眾就會捐出更多捐款。人家海蒙國有很多小朋友的家沒了，房子倒塌了，需要世界上好心人給他們捐款蓋新房子呢！這個節目成不成功，跟你肯不肯幫忙關係很大，因為你是一隻聰明的小貓，可以讓節目更加精彩，可以使觀

眾更加歡喜。」

曉星專注地看着小嵐，聽着她說話，很感動她這麼耐心地說服一隻小貓。其實自己心裏一早就願意了，只是跟曉晴姊姊鬥鬥氣，逗一下她而已。

曉星正想作出願意的表示，小嵐又說了一句：「這主意還是我們萬卡國王提議的，他看好你哦！」

哇，曉星一下子神氣了。萬卡哥哥，你真是慧眼識小貓啊！

我願意，我願意。曉星點頭，點頭，再點頭。

「啊，你真是一隻聰明貓，愛死你了！」小嵐高興得把小貓抱在懷裏，把他的毛揉啊揉的。

嘿，小嵐姐姐住手。把人家的毛弄亂了就不漂亮了！曉星喵喵地抗議着。

「男聲找了誰唱？」小嵐問曉晴。

小嵐後來特地聽了由依靜、毛言唱的《我是一隻貓》，覺得這樣男女聲對唱效果不錯，就建議她找一個男生一塊表演。曉晴還沒回答，她又惋惜地說了一句，「要是曉星在就好了，他跟你唱，肯定合拍。」

曉星在小嵐懷裏委屈地喵了幾聲，我在呀，現在

就是我跟姊姊一塊唱呀，只是你們不知道。

曉晴説：「我打算請花美男跟我一塊唱。」

曉晴口中的「花美男」，就是之前一塊參加成語賽的黃非鴻。他今年剛考入了宇宙菁英學院，是大學部的大一學生。

小嵐在腦子裏回憶了一遍黃非鴻的樣子，説：「哦，他呀！外型還不錯，就不知歌唱得怎樣。」

曉晴很得意地説：「上次成語隊組織了一次『唱K』活動，你有事沒去。我和黃非鴻合唱了一首《傳奇》，小伙伴們都驚呆了，差點把手拍爛了。」

「好，你們自己定時間排練吧。記得星期六上午九點回學院綵排，星期日正式演出。」小嵐叮囑説。

「只有幾天，時間很緊啊！」曉晴有點苦惱。

小嵐瞪她一眼説：「你們已經算好了，只有兩人一貓，安排排練時間不難。舞蹈隊才慘呢，二十個人，召集一次都不容易。」

曉晴想想也是，也不再埋怨了。

小嵐有事走了，曉晴打算爭取時間排練，就打了個電話給黃非鴻，約他馬上來嫣明苑。

黃非鴻之前已收到曉晴電郵給他的歌譜，在家已唱了好多次，所以一來就可以跟曉晴一起唱了。根據小嵐這個作者的建議，第一、三段由曉晴唱，第二、四段由黃非鴻唱，第五段就兩人一塊合唱。而曉星貓呢，就在其中穿插發出叫聲。

　　在哪個地方叫，曉晴跟曉星講了很多次，因為她不敢保證曉星聽沒聽懂，也不知道曉星記不記得住，直到曉星嫌她煩，生氣地用屁股對着她，才住了嘴。

　　兩人一貓第一次合唱時，黃非鴻就被曉星貓的表現驚得目瞪口呆，這喵星人不但配合完美，在該叫的時候就大聲吼，沒輪到他叫時就跟着歌曲節拍身子扭呀扭、爪子搖呀搖的賣萌耍帥。這貓簡直成精了！

　　曉晴最高興了，她沒想到這個唱歌節目排得這樣順利。跟黃非鴻的男女對唱和合唱十分和諧，小氣貓的配合也非常完美，完美得真是有點出乎意料之外了。

　　看來，這節目很有希望得到大筆捐款，拿到獎盃呢！

　　曉晴以從沒有過的認真練了一次又一次。

已經是第七次練習了。

曉晴唱道：「我是活潑的小貓⋯⋯」

曉星叫道：「喵喵喵，喵喵喵。」

曉晴繼續唱：「上跳跳，下跳跳⋯⋯」

曉星又叫：「喵喵喵，喵喵喵。」

曉晴暗自表揚曉星貓接得好，正想繼續唱時，卻被一連串的貓叫聲打斷了：「喵噢喵噢喵噢～～」

她心裏火啊，曉星貓，才乖了一陣子，現在就原形畢露了，來搗亂了。正想發脾氣時，又聽到了另一種聲音，「哼哼哼哼」⋯⋯咦，這可不是貓叫，是豬叫呢！曉晴更氣了，臭小貓竟然還學了豬叫來氣我！

可是扭頭一看，曉星貓在旁邊抿着嘴乖乖地呆着呢，搗亂的是跑過來的兩個傢伙。一大一小，一黑白一粉紅，正是小毛球和小香豬笨笨。

原來，小毛球只是打了個小瞌睡，醒來後就不見了貓哥哥，於是東找西找，找不到貓哥哥卻遇到了豬哥哥，一番貓同豬的跨種類艱難溝通後，兩隻結伴來找曉星了。

靠着小香豬天才的嗅覺，一點不困難就找到了。

小毛球見到貓哥哥叫得開心，當然要參與，於是也跟着「喵喵喵」亂叫一邊，笨笨也不甘示弱，不管三七二十一也宣示一下存在感，以至把排練打斷了。

曉晴大怒，喊道：「你們倆，一邊玩去，別搗亂！」

可惜兩名搗亂分子沒有理她，不聽不聽就不聽，小毛球只認貓哥，笨笨只認小主人，其他不相干的人，本動物就是不理會。咱們雖然是動物，但動物也是有性格的。

在曉晴氣得跳腳時，曉星發話了，喵喵吼了兩聲，小毛球和笨笨就乖乖在兩米外坐下來，做個守紀律的觀眾了。

第十六章

賑災匯演中的神奇小貓

　　可以容納五萬人的首都大球場座無虛席，為海蒙國災民籌款的賑災大匯演開始了。

　　場上所有照明燈熄滅，只有五萬名參加者手中的燭光在閃爍。台上台下，一起唱起了那首叫做《愛》的賑災歌曲：「點點燭光，溫暖心房，有一種力量叫做愛，讓你我不再彷徨。獻愛心，心相連，重建美好天堂……」

　　當餘音還在大球場上空繚繞時，一男一女走上了舞台，男的是國家電視台的首席主持人杜柯，女的就是之前主持過學生成語賽的朱莉，兩位都是烏莎努爾的著名主持人。

　　朱莉還是穿着一身中國旗袍，看來她對旗袍特別偏愛，她首先開了腔：「女士們先生們，電視機旁的觀眾們，歡迎觀看賑災大匯演文藝演出。今天的大匯

演，目的是為海蒙國地震災民募捐，作為他們重建家園的款項。災難無情人有情，今晚，就請大家獻出自己的愛心吧！」

杜柯大約三十來歲的樣子，長得高大英俊、氣宇軒昂，他接着說：「今天演出的有來自四十個機構的五十八個節目，演出會從下午三點，一直延續到晚上十一點。每個節目之後都有一個『獻愛心』環節，在場觀眾如果喜歡這個節目的，可以現場捐贈現金，也可以寫支票，而電視觀眾，就請你們通過熱線電話10203040捐錢獻愛心。」

朱莉又說：「今天的所有善款，我們都會交給海蒙國救災委員會，讓他們用作為災民蓋房子的專項費用。」

杜柯接着宣布：「好，下面就請第一個節目的表演者上台，他們來自烏莎芭蕾舞團，演出的節目是芭蕾舞《災後彩虹》。」

在觀眾熱烈的掌聲中，十名男女用輕盈的舞步走上舞台，輕快的音樂聲起，十名舞蹈員用優美的舞蹈語言，述說了他們幸福的生活日常。

突然，音樂變成了沉重和緊張，地震來了，房屋倒塌、大廈傾斜……美麗的家園變成廢墟，災民無家可歸。

壓抑的音樂漸漸變得激昂，變得振奮，展示災民的勇敢、堅強，以及要用雙手在廢墟上重建家園的決心……

舞蹈在一片激動人心、充滿希望的樂聲中結束，觀眾席馬上響起熱烈的掌聲。

接下來的時間是讓觀眾認捐，認捐結束後，朱莉高興地宣布：「《災後彩虹》節目得到的善款是四百一十九萬五千元，謝謝捐款的好心人。」

杜柯接着報出節目：「下一個節目，是由兒童木偶劇團演出的《孫悟空三打白骨精》。」

三名木偶藝人分別拿着孫悟空、唐僧和白骨精三具木偶上台。

《三打白骨精》是中國古典名著《西遊記》裏的一個故事，講的是一隻叫白骨精的妖怪，化妝成善良的少女、老婆婆、老伯伯，想接近唐僧，伺機把他吃掉。唐僧分不清人和妖怪，把他們當作好人。徒弟孫

悟空的火眼金睛一眼就看出這是個妖精，於是一次又一次地把白骨精的化身打跑了。唐僧以為孫悟空濫殺無辜，一氣之下把他趕走，沒了孫悟空保護，唐僧被妖精抓走。孫悟空沒有因為被唐僧趕走而記恨在心，他和白骨精大戰一場，打死了這個妖怪，把師傅救了出來。

故事情節緊張有趣，三名藝人又把木偶操控得活靈活現，博得了觀眾的好評，尤其是小觀眾，把小手掌都拍紅了。

這個節目得到了近九百萬元的善款。之後的節目，最多的有近千萬善款，最小的也獲得幾十萬的捐贈。

精彩節目一個接一個在演出，累計善款總數已達到了九千八百萬。晚上八點，終於輪到曉晴他們的節目上場了。

曉晴和黃非鴻並肩走上了舞台，曉晴的懷裏抱着一隻貓。

「啊，好可愛的貓！」一個眼尖的小觀眾率先喊了起來。

「咦，真的，真是一隻貓呢！」

「難道貓也參加表演？」

「好期待哦！」

台下議論紛紛。

這時，曉晴和黃非鴻已經走到舞台中間，那裏放了一張高腳圓凳，曉晴把曉星放在圓凳上，自己和黃非鴻分別站在了兩邊。

曉晴和黃非鴻給觀眾鞠躬，曉星也用兩條後腿站了起來，兩隻前爪合起來，朝觀眾作揖。觀眾席上「哄」的一聲，人們一下子興奮起來了。

「好可愛啊，小貓咪給我們『請請』呢！」

「原來這貓咪真是來表演節目的。」

曉晴等觀眾安靜了些，便看看黃非鴻，知道他已準備好，便扭頭朝樂隊指揮點頭示意可以開始了。

一陣輕快跳躍的前奏過後，曉晴一邊做動作一邊唱：「我是活潑的小貓……」

曉星見曉晴唱完第一句，便搖頭晃腦地接上：「喵喵喵，喵喵喵！」

「哇！」台下觀眾都瞪大了眼睛。這貓超級厲害啊，還懂得跟節奏。

曉晴繼續唱道：「上跳跳，下跳跳。我是活潑的小貓……」

曉星又緊接：「喵喵喵，喵喵喵！」

觀眾們忍不住拍起手來，為小貓叫好。

曉晴又接着唱：「左跑跑，右跑跑。」

這時輪到男聲了，黃非鴻唱道：「我是能幹的小貓……」

曉星乾脆站了起來，撅着小屁股左扭右扭，嘴裏叫着：「喵喵喵，喵喵喵。」

「嘩啦啦！」掌聲如雷。

超級貓還會跳舞呢！觀眾席沸騰了。

台上精彩繼續。

黃非鴻唱道：「看家護院最勤勞。東瞧瞧，西瞧瞧……」

曉星晃着腦袋：「喵喵喵，喵喵喵！」

黃非鴻唱道：「老鼠小偷別想逃。」

又到女聲，曉晴唱：「我是懶懶的小貓……」

曉星接着：「喵喵喵，喵喵喵。」

曉晴唱道：「陽光底下好睡覺，擦擦胡子舔舔毛……」

曉星又接了上去：「喵喵喵，喵喵喵。」

曉晴做了個揉眼睛、伸懶腰的動作，唱道：「揉揉眼睛伸伸腰。」

又到黃非鴻唱了：「我是自在的小貓……」

「喵喵喵，喵喵喵……」

咦，怎麼不只曉星一把聲音，原來是全場的小孩都跟着喵起來了。台上台下互動着，十分熱鬧。

黃非鴻亮起他清亮的歌喉，做着動作：「和蝴蝶

開開玩笑，跟小主人撒撒嬌⋯⋯」

「喵喵喵，喵喵喵⋯⋯」

這次聲音更響，原來是全場的大人小孩都一起喵起來了。

黃非鴻大聲唱道：「日子過得妙妙妙！」

曉晴和黃非鴻見到全場觀眾都那麼投入，好興奮啊，他們倆一起大聲地唱道：「我是有愛心的貓⋯⋯」

「喵喵喵！喵喵喵！」曉星做人時就是個「人來瘋」，即人越多的時候越興奮，見到自己成為全場焦點，便更加得意，竟然隨着音樂節拍用兩隻前爪起勁地打起拍子。

「哇哦，小貓打拍子！」觀眾席的小朋友興奮啊！而大人們都驚訝得張大嘴巴，幾乎可以塞進一隻雞蛋了。

曉星那兩隻小爪子好像有着極大的魔力，觀眾跟着他的指揮，大聲地唱：「喵喵喵，喵喵喵！」

曉晴和黃非鴻又唱又跳：「賑災匯演唱唱跳⋯⋯」

曉星晃動着兩隻小爪子，和觀眾一起大聲地「喵喵喵，喵喵喵！」

曉晴和黃非鴻繼續唱唱跳跳：「幫助別人多快樂……」

曉星揮動着兩隻小爪子，繼續和觀眾一起大聲地「喵喵喵，喵喵喵！」

曉晴和黃非鴻唱出了最後一句：「捐出善款有福報！捐出善款有福報！」

曉星使勁點着腦袋，小爪子打着拍子指揮觀眾：「喵喵喵，喵喵喵！喵喵喵，喵喵喵！喵喵喵，喵喵喵！……」

全場一片「喵喵喵」的聲音。不知道的人還以為會場裏來了幾千隻貓咪呢！

當觀眾從興奮中清醒過來，就忙着一件事，為神奇小貓的精彩表演捐款！特別是那些小朋友，他們都愛死那隻又會跳舞又會打拍子的超級小貓了，不但要爸爸媽媽捐錢，連自己準備買零食呀買玩具呀的零花錢都塞進了捐款箱。

很快，捐款數字出來了，朱莉興奮地宣布：「宇

宙菁英學院的表演唱《我是一隻有愛心的貓》募得的
善款為一千九百五十萬。」

「嘩啦啦……」全場報以熱烈掌聲。

「謝謝，謝謝！」曉晴抱着貓，和黃非鴻一起向
觀眾鞠躬致謝。

在節目《我是一隻有愛心的貓》的激勵下，參加
匯演的演員們更加認真和投入，力求做到完美。在十
點多時，莫邪帶着他們學院的演出隊伍上場了，他們
表演的是經典芭蕾舞《天鵝湖》的片段，因為主要演
員是請了專業的外援，還有大型管弦樂隊現場演奏，
水平很高，演出結束後也得到了一千零一百萬的捐
款。

現場氣氛沒有因太晚而消退，而是更加熱情高
漲，到大匯演結束時，兩位主持人激動地宣布，場內
場外，合計收到捐款六億一千二百萬元，開創了歷年
賑災捐款的最高紀錄。

在觀眾投票結果中，賑災愛心天使獎由演出《我
是一隻有愛心的貓》的宇宙菁英學院獲得。

曉晴抱着曉星，和黃非鴻一起再次上台，他們一

臉驕傲地接過了由國際慈善基金會秘書長頒授的愛心天使獎盃。

在雷鳴般的掌聲中，兩人一貓準備走下台。

「嘿，先別走。」這時有人跑上舞台，大聲說。

朱莉看向他，原來是杜柯，便問道：「怎麼了？」

杜柯高興地說：「剛剛收到消息，萬卡國王為獲得愛心天使獎的《我是一隻有愛心的貓》表演機構捐出一筆善款，委託小嵐公主代為捐贈。敬請小嵐公主上台。」

「耶！」曉晴和黃非鴻高興得擊掌慶賀，曉星高興得喵喵叫着，也伸出爪子跟他們拍拍。

小嵐拿着一張支票，笑容滿面地走上舞台。她接過杜柯遞給她的麥克風，說：「萬卡國王因國事繁忙無法出席賑災大匯演，但他也不時關注現場情況。他很喜歡《我是一隻有愛心的貓》這個節目，決定為這個節目捐出一筆善款。」

小嵐拿起支票看了看，讀出上面數字：「萬卡國王以個人名義捐出烏莎努爾幣，一億元！」

台下沸騰了，所有人都拼命鼓掌，為國王的善舉叫好，同時祝賀《我是一隻有愛心的貓》獲得匯演中最大的一筆捐款。

第十七章

公主的貓

曉星出名了！

賑災大匯演的第二天，皇宮門口來了很多訪客——一個個或拿着貓玩具、或提着貓糧的小朋友。昨天的表演令他們難以忘懷，很多小朋友都以晚上不肯睡覺來要脅爸爸媽媽，非要他們答應第二天去探望天才小貓的要求。從新聞報道中，他們知道了那隻超級貓生活在皇宮裏，是公主的貓。

爸爸媽媽們裝作十分無奈的樣子答應了。不過他們心裏卻在暗暗高興，因為他們也想去看那隻小貓，不過怕別人笑話他們，這麼大的人了，還跟小孩子一樣。所以小朋友的要求正中他們下懷啊！大人有時就是這樣，狡猾狡猾的。

於是，第二天，皇宮門口就出現了幾千人拿着禮物要求探訪小貓曉星的盛況。

守門的衞士看着門口越聚越多的大人小孩，馬上去報告小嵐公主。這時小嵐剛好吃完早餐，正和曉晴一塊糾結着今天是做暑期作業，還是去看電影。而曉星就在她們旁邊，跟小毛球一起玩着團團轉抓尾巴的遊戲。

一聽到衞士提到自己名字，曉星就馬上豎起了小尖耳朵，知道自己成了無數小朋友的偶像，他太得意了。哈哈，我曉星的魅力真是沒法擋啊！

他沒等小嵐說什麼，就撒腿往皇宮大門跑去了，急着去見粉絲呢！

站在大門口的大人小孩，一見到曉星跑出來，好激動啊！尤其是小朋友，一個個都爭先恐後想去抱曉星，想去跟曉星一塊照相。小嵐這時也來了，見到小朋友這麼喜歡曉星，不可以讓他們失望，便吩咐衞士讓粉絲們排好隊，然後帶他們去嫣明苑。

幸好嫣明苑的花園很大，足以容納幾千人，所以所有探訪者進去了也沒覺得很擠。只是小貓只有一隻，幾千人一起，怎麼玩兒呢？

小嵐想了個辦法，就是讓小朋友背唐詩，能背三

首的，可以摸摸曉星，能背五首的，可以抱抱曉星，還可以照相。

　　但小嵐低估了小朋友的能力，竟然有大半人都可以背出三到五首唐詩，哇，兩千多人啊，曉星哪能應付得來。沒辦法，只好找小毛球客串一下了。

　　幸好小毛球跟曉星一段時間，正所謂「近朱者赤」，也變成「人來瘋」了。牠在這麼多人面前不但不會害怕，還愈加興奮地打滾、撒嬌、賣萌，所以也收穫了不少粉絲，這樣才把曉星的壓力分擔了一部分。

　　一整天，嫣明苑的花園裏，成了歡樂的海洋，大人小孩都玩得十分開心。這場快樂的聚會之後一直留在他們記憶裏，直到他們成了別人的爺爺奶奶，還常常跟小孫子們回憶起當日的歡樂情景：「想當年呀，我在皇宮和公主的貓一塊玩的時候……」

　　聽說那天之後，嫣明苑的宮女整理收到的禮物，累得腰都快斷了。因為貓糧堆成了山，貓玩具塞了幾十個箱子……

　　而這天晚上，歡樂聚會的第一主角曉星和第二主

角小毛球，都興奮得不行，初嘗偶像滋味的小毛球更是在貓屋裏撒了一晚上的歡，直到筋疲力盡才睡去。

　　第二天，曉星比往常晚了一個小時才起牀，想起這兩天自己受歡迎的盛況，他心裏美滋滋的。看來，暫時做做貓也不錯啊！

　　曉星心情好，當然要唱首歌，他哼哼着：「請你不要再迷戀哥，哥只是一個傳說。雖然我捨不得，可是我還是要説，你不要再迷戀我，我只是一個傳説⋯⋯」

　　不過他其實發出的聲音也只是「喵喵喵，噢噢噢」而已。

　　對面小牀上沒見到小毛球，這小東西大概去找小香豬笨笨炫耀去了，大概是説自己怎麼怎麼受歡迎，一晚上多了多少粉絲等等等等。

　　曉星哼了哼，然後伸出舌頭，用貓的方法洗了把臉，作為一個明星偶像，要注意保持形像啊！

　　曉星走出小貓屋，見到一名宮女候着，她見到曉星出來，笑得眼兒彎彎的，温聲説：「小貓咪，醒來了？小嵐公主讓我帶你去餐廳吃早餐。」

曉星認得這宮女叫做芬蘭，於是不客氣地往上一跳，直接跳到她懷裏去了。

宮女把曉星帶到餐廳，放到餐桌上。咦，怎麼沒有人？還以為小嵐姐姐她們都在呢！但看看牆上掛鐘，原來已經上午八點半了。離七點半早餐時間已過了一個小時，小嵐她們一定早已吃過離開了。

宮女拿來一杯牛奶，一個盛滿食物的盤子。裏面有土豆酥餅、脆皮腸、煎太陽蛋，還有兩隻雞翅膀。自從發現曉星貓喜歡吃人類食物，而且無肉不歡之後，小嵐就吩咐管家瑪婭，給他吃和她們一樣的東西。

曉星當仁不讓，把東西一掃而光。把一旁站着的宮女嚇得小嘴微張，詫異這小小身體怎麼裝得下這麼一大盤的食物。可偏偏這小傢伙就吃得面不改色，完了還用舌頭把盤子舔一遍，連渣都不留一點。

曉星吃完，朝宮女喵喵兩聲表示有勞，就跑出去了。他想去找小嵐她們玩。

可是他在嫣明苑跑了一圈，收獲了無數小宮女「小貓咪早上好」的問候，跑到四腳快抽筋了，都沒

找到小嵐和曉晴。他突然想起，小嵐好像説過，今天上午跟曉晴一起去看電影的。

唉，還是做人好啊！做人可以去看電影，做貓就沒法去，檢票員在進場時肯定就不讓進去。曉星有點怏怏不樂的，慢慢踱步回到了那棵石榴樹下。

曉星正打算爬上去看看風景，卻見到小香豬笨笨站在那裏，抬着豬頭傻傻地望着樹上。曉星以為樹上有什麼有趣的，便也抬起貓頭往上看。

這時有幾個小宮女經過，見到兩隻小傢伙看着樹上，也停下來朝樹上看。一會兒又有幾個小宮女經過，見到這情景也好奇地抬頭張望，很快石榴樹下聚了一大堆人。

這時有一個男僕經過，問道：「喂，你們在看什麼？」

一個小宮女指指旁邊幾個小宮女：「我也不知道，看到她們看，我才看的。」

最早來到的一個小宮女指指曉星和笨笨：「我是看到小貓咪和小香豬朝樹上看才停下來看的。」

曉星聽了，急忙抬起前爪，指着身旁的笨笨，意

思是牠最先看的。

　　大家的目光嗖的落到笨笨身上。笨笨哼哼哼地表達着什麼，可惜誰也聽不明白。大家只好搖搖頭，離開了。

　　曉星生氣地用前爪拍了笨笨一下，然後走了。他覺得自己被小香豬捉弄了。

　　曉星沒有看見，在他背後，笨笨委屈的樣子。

第十八章

小毛球不見了

憑着對嫣明苑的熟悉，曉星一點不費勁地在噴水池旁邊的假山上，找到了一個既蔭涼又可以遠望的位置，他把自己縮成一團，舒舒服服地窩在裏面。

昨晚好像還沒睡夠，再睡一會兒吧。

他發現自己做貓之後懶了很多。但也怪不得自己呀！人閒暇時可以有許多種消遣，看書、打遊戲、做運動、郊遊、和朋友吹牛皮等等等等，而做貓能有什麼消遣呢？除了曬曬太陽，跑跑跳跳，或者和別的貓打打架，就沒其他選擇了。

還是做人好啊！曉星覺得有點鬱悶，他迷迷糊糊地睡了一會兒，被一陣奇怪的聲音弄醒了。

曉星伸了個懶腰，從假山上伸出腦袋，見到有個胖傢伙站在下面，用兩隻前爪在撓假山，發出刺耳的「吱吱吱吱」的聲音。

喵！曉星生氣地衝笨笨喊了一聲。又來了！捉弄了自己一次還不夠嗎？想好好睡個覺都不得安生！

他跑下假山，衝着笨笨躬起背，弗弗地噴了牠幾下，以示氣憤。

不過笨笨一點也沒理會曉星的不滿情緒，只顧用腦袋去拱他。曉星愈加憤怒，大聲地「噢嗚噢嗚」叫嚷着，沒想到自己竟然有被小香豬欺負的一天！

笨笨仍不罷休，依然用腦袋一下一下地拱着，推着，把曉星一直推回那棵石榴樹下，然後又抬頭看着樹上。

又來！這小笨豬究竟要搞什麼名堂！曉星氣得用爪子抓起一塊小石頭，扔到笨笨身上。

笨笨委屈地撅着嘴，小黑豆眼睛轉了轉，突然撒開四條腿東跑跑西跑跑，撒着歡。

咦，這動作好像小毛球啊！難道笨笨想告訴自己，牠在看小毛球？

曉星這時才想起來，他好像從早上起牀就沒見過小毛球。難道這小傢伙跑到樹上去了？但樹上明明沒有牠的蹤影啊！

這時笨笨又換了另一個動作，牠爬上了一個矮矮的樹樁，又從樹樁上往地上一跳。

曉星眨眨眼，難道笨笨想告訴自己，小毛球爬上了石榴樹，又從石榴樹上跳到宮外了？

回想起昨天那些大小粉絲走的時候，小毛球就依依不捨的，跟在他們後面，一直送到大門口，然後站在那裏，直到看不見他們背影才離開。莫非小毛球跑出宮外找牠的粉絲去了？

笨笨好像知道曉星已經收到了牠的提示，牠用鼻子拱着曉星，把他拱到石榴樹的樹幹下，又用腦袋把他往上頂。

「喵喵喵？」曉星問笨笨，你是說小毛球跑出去了，要我去把牠找回來嗎？

「哼哼哼！」笨笨回答，對呀對呀，快去找牠吧！

其實兩個傢伙根本是語言不通的，只是碰巧揣摸到了對方的意思罷了。

曉星想起之前小嵐姐姐講過，最近城裏出現了偷貓賊，心裏有點急了，小毛球一個天真單純的小不點

跑出去，萬一碰上了偷貓賊怎麼辦？

得趕緊去把牠找回來！

曉星馬上付諸行動，他一縱身跳上樹幹，四隻爪子扒住樹幹，嗖嗖嗖嗖爬上了樹，咦，果然有一股小毛球的味兒。這下更證實了自己的猜測，小毛球上過這樹。

從樹上跳到宮外，這事曉星已幹過一次，所以眨眼功夫他就到了宮牆外面。噢，宮牆下有一串小鈴鐺，是昨天的小粉絲送給小毛球的，曉星更肯定小毛球跑出來了，這小鈴鐺一定是牠跳下來時丟的。

貓的嗅覺雖然沒有豬和狗那樣靈敏，但還是比人強很多，所以曉星一路費勁地嗅呀嗅呀，尋找着小毛球的蹤跡。眼看離皇宮越來越遠了，還沒有看到小毛球的影子，曉星只能繼續往前走，繼續找着。

這小傢伙膽子真肥，竟敢一隻貓走這麼遠，找到的時候非胖揍你一頓不可！曉星邊走邊忿忿地想着。

走了二十多分鐘，這時離開皇宮已經有很長一段路了，曉星來到一片草地上。草地綠茵茵的一片，還長着許多小黃花，幾隻蝴蝶在上面飛來飛去。

他又聞到了淡淡的小毛球的氣味，看樣子這傢伙一定在這裏呆過，牠最喜歡做的事情就是在草地上打滾，還有用爪子撲蝴蝶了。

曉星在草地上走了一圈，沒有看到小毛球，這傢伙之後去了哪裏呢？

怎麼辦呢？這臭小貓，總是讓人操心！

草地上有四五個小朋友在玩老鷹捉小雞，玩得很開心。曉星啪噠啪噠跑了過去，想問問他們，那隻喜歡撒嬌賣萌、喜歡抓蝴蝶的小貓去哪了。只是一開腔便是喵的一聲，才想起自己沒法說話。

正發呆時，扮演雞媽媽的小女孩看見了他，她停了下來，指着曉星說：「咦，這小貓好像是那隻會表演節目的天才小貓啊！」

「怎麼不玩了？繼續玩呀！」扮老鷹的小男孩不滿地看了曉星一眼，然後搖頭說，「才不像呢，昨天那隻天才小貓可聰明了，哪像這隻，傻頭傻腦的。」

「可牠樣子就是像嘛，而且都是黃色的。」小女孩還是盯着曉星。

「我說不是就不是。我來了！」小男孩朝「小

雞」們衝了過去。

「不要！不要！」小女孩急忙張開雙手攔住「老鷹」，護她的「小雞」去了。

曉星只好快快地離開了那班小朋友。

離小朋友不遠的地方，幾個上了年紀的老人家在搖搖擺擺地跳舞，邊跳邊聊着什麼。見到一隻小黃貓從身邊經過，一個穿紅衣裳的婆婆停下舞步，對曉星説：「小貓咪，快回家吧！你一隻貓在這裏逛蕩太危險了。」

一個穿綠衣裳的婆婆搖搖頭：「桃子姐，牠是貓，聽不懂你的話的。」

紅衣裳婆婆歎了口氣：「唉，你説得對。要是貓能聽懂人話，早上那隻小花貓就會知道我叫牠馬上逃跑，就不會讓壞人抓走了。多麼可愛的一隻小花貓啊，胖胖的，小小的，就像一團黑白色的小毛球。被壞人裝進籠子裏時，叫得很淒慘呢！」

「黑白色的小毛球！」曉星聽了，馬上機警地想到，莫非是那小傢伙？！

曉星停下腳步，留心聽婆婆們説話。

「真可憐！」一個穿花衣裳的嬸嬸說，「桃子姐，你看見壞人抓貓，有制止他嗎？」

「我喊了幾聲，但他們沒理會。當時附近沒有人，我一個老人家哪是他們對手，他們有一男一女兩個人呢！」桃子姐沮喪地說。

「那你有沒有看見壞人把小貓抓去哪了？我們可以報警的。」綠衣裳婆婆說。

「我本來想跟著他們，看他們上哪兒去的。他們是往東面走的，走得很快，很快我就跟不上了。」桃子姐想了想，又說，「一路走的時候，我聽到其中那個男的說了一句『西摸東酷』，好像不是我們國家的語言。」

「啊，難道是外國的偷貓賊？」花衣裳嬸嬸說，「肯定是了！我也覺得奇怪，我們國家治安多好啊，怎麼會有偷貓賊出現呢！」

「『西摸東酷』是什麼意思呢？」綠衣裳婆婆皺著眉頭，「如果能聽懂就好了。說不定是找到壞人的一條線索呢！」

曉星聽到桃子姐說「西摸東酷」的時候，耳朵馬

上豎了起來，因為，他聽得懂啊！這是朱地國語「花果山巷」的意思。

之前為了去到朱地國不至於成了啞巴和聾子，特地找人惡補了當地語言。也幸虧朱地國的語言跟烏莎努爾有很多相同之處，所以短短時間也學了不少。而這「西摸東酷」是他聽得懂的其中之一。

花果山巷曉星去過。因為這巷子的名字跟西遊記裏面孫悟空住的花果山名字一樣，他挺好奇的，所以有一次路過時特地讓司機停車，走去看看是不是有很多猴子，結果去到看了幾眼，就很不滿地走了。不就是一條老舊的巷子嘛，兩三層高的小樓看上去已有七八十年歷史，大都表層剝落、殘破不堪。白浪費了這麼特別的一個名字！

莫非偷貓賊把偷到的貓藏在花果山巷？

得馬上去看看，碰碰運氣吧。要不偷貓賊把貓運走了，那小毛球就永遠回不來了。

第十九章

小貓曉星的大追蹤

來不及回去通知小嵐姐姐了，不過就是回去也沒法説明白。語言不通真麻煩！

花果山巷離這裏説遠不遠，坐地鐵只有三站路，但如果走路就遠了。就坐地鐵去！

主意一定，曉星就馬上撒開四條腿，朝最近的地鐵站跑去了。這時間人不多，曉星習慣地想從衣兜裏掏「八達通」，拍卡進站，但卻摸了一手毛，才想起自己現在是一隻貓。

按鐵路公司定下的規則，是不許帶動物進車廂的呢！怎麼辦？

管不了那麼多了，救貓要緊！曉星噠噠噠地跑進了閘內，然後沿着梯級跑下了月台。剛好一輛地鐵列車停在月台上，快要開了，發出「嘟嘟嘟嘟」的關門聲。曉星在車門關上的刹那間，飛快地跑進了車廂。

又趁着車廂裏的乘客沒留意他，嗖一下躲進了座椅底下。

車子開動了，曉星鬆了一口氣，幸好沒被人發現。要不被趕出車廂，那就糟了。

車子走了一站，又一站，還有一個站就到目的地了。曉星正在隨時準備下車，突然被出現在眼前的一雙閃閃的圓圓的眼睛嚇着了。

仔細一看，原來是一個坐在地上的小孩子。小孩子正激動地盯着他，大喊道：「爸爸，椅子底下有貓貓！」

「啊。椅子底下怎麼會有貓，快點起來，地上髒！」那爸爸說完，伸手去拽小孩子起來。

「不嘛不嘛，就是有貓貓！」小孩子大喊大叫，死也不肯起來。

「真不乖，下次不帶你上街！」兩隻大手把子孩子抱起來了。

「爸爸才不乖，嗚嗚嗚！」小孩子委屈地哭了起來。

可憐的娃！曉星忍不住從椅子底下伸出了貓頭，

他要亮亮相，不能讓孩子受委屈。

「爸爸，快看！貓貓，貓貓！」小孩子大叫着。

「哇，真的有隻貓呢！好可愛的貓！」車廂裏頓時轟動起來，還有不少人已經拿着手機拍攝。

曉星被熱情的人們嚇了一跳，正要縮回椅子底下時，車廂門哐一下打開了，原來到站了。曉星箭一般衝了出去，離開了車廂。

當曉星來到地面時，已經累得不行了，只好跳上附近街心公園裏的一張椅子，歇一歇。

喘過了氣，曉星四處望望，確定了花果山巷的方向，然後就出發了。走了大約十分鐘，就從花果山巷的方向傳來了砰砰砰的有規律的巨響，那是蓋房子打樁的聲音。

曉星頓時一愣，咦，該不是花果山巷的房子被推倒重建了吧，那自己就白跑一趟了。那樣老舊的一條小巷，又全是低層建築，常常會被發展商盯上。

曉星迅速跑了過去，幸好花果山巷還在，正在打樁的是相鄰的南海巷。

給巷子起名的人大概腦子有點問題吧，花果山不

是山，南海也並非海。簡直令人莫名其妙。

　　花果山巷靜悄悄的，巷口牆上貼着一張很醒目的告示。告示顯然是給人看的而不是給貓看的，因為貼的高度只是方便人的視覺。曉星很費勁才看清告示的內容。原來是一張城市建設部門的公告，通知花果山巷的居民，巷子會於兩個月後拆毀重建，請居民們盡快找地方搬走，等建好後再回遷。

　　怪不得這樣清靜，可能部分住戶已經搬走了。

　　這樣看來，偷貓賊把貓藏在這裏的可能性就大增了。因為人越少，罪行被發現的可能性就越小。

　　問題是，怎樣才能知道藏貓的具體地方呢？哪一棟？哪一家？

　　本來最容易的是，曉星在巷子裏走一次，邊走邊喵叫，那一定會引來被囚禁的貓貓們回應，那就可以迅速知道偷貓賊的窩在哪裏了。但這樣也很容易引起偷貓賊的警惕，給曉星的救貓行動帶來困難。另外隔鄰正在打樁，不管牠怎麼大聲，相信都會被那巨大的響聲淹沒。

　　曉星在巷子裏慢慢走着，一邊走一邊觀察，看看

那些緊閉的門窗內，有沒有被囚禁的貓貓的蛛絲馬跡。可惜的是，從巷頭走到巷尾，也沒發現哪一家有什麼異樣。

不過也並非全無收穫，曉星發現這是一條死巷，即小巷盡頭是被堵死了的，這樣他就可以蹲在巷口守株待兔，等待偷貓賊運貓走時，再把貓貓救出。

但這法子也有問題，自己總不能一天二十四小時不睡覺呀，如果打個瞌睡，讓偷貓賊從自己眼皮底下把貓運走了，那怎麼辦。

曉星鬱悶地轉了幾圈，發現巷子裏有棵大樹，心想站得高看得遠，上去再觀察一下吧，或者會發現什麼呢！正想往上爬，一抬頭，卻見到樹杈上站了一隻三色貓。

什麼叫三色貓，就是身上有着黑、棕、白三種顏色的貓，據說三色貓都是母貓。只見這隻三色貓死死地盯着對面一幢房子，臉上滿是絕望和悲哀。由於太專注了，以至曉星在樹下看了牠好一會兒，牠仍沒發現。

這貓在看什麼？曉星腦子裏亮光一閃，莫非……

莫非這三色貓知道那房子裏囚禁着貓，牠臉上的絕望和悲哀，是因為……因為那些貓貓裏有牠的孩子，或者其他親人、朋友？

很有可能啊！曉星頓時心花怒放，終於找到偷貓賊的賊窩了。

曉星抬頭，上下打量着三色貓盯着的房子。那是一幢兩層的小樓，跟這條巷子其他房屋一樣，都是十分殘舊，外牆上抹的灰斑斑駁駁，已看不出原來的顏色。樓下的大門有點廢了，彷彿用指甲一摳都能摳出個洞來。

得想辦法進屋瞧瞧。曉星繞着房子走了一圈，尋找進去的通道。樓下除了大門，還有兩個裝着鐵條的窗子，那鐵條與鐵條之間的間隙是用來防人的，以貓的身體大小，應可以進去。但可惜窗子離地面有點高，曉星試了幾次，都爬不上去。

又再轉了一圈，終於在屋後讓他找到了一個進入的地方——廚房的抽氣扇。可以從那扇葉之間的小小空隙鑽進屋裏。

本來這抽氣扇的位置也挺高的，不過很幸運，抽

氣扇附近有根水管，可以從水管爬上去，再跳到抽氣扇上面。

　　説幹就幹，雖然很費了點周折，曉星還是爬上了抽氣扇。抽氣扇上挺油膩的，曉星差點就抓不住，幸好手急眼快，用小爪子死死撓住一個轉葉，才沒有掉下去。

　　先看看廚房裏有沒有人，一定不可以一進去就被抓啊！嗯，運氣不錯，廚房裏靜悄悄的。曉星放軟身體，從空隙裏慢慢地往面挪、挪、挪，終於把整個身體挪進了屋裏。

　　身上沾了不少油，黏黏的，這讓喜歡乾淨的曉星難受死了。但是，救貓要緊，也顧不上這些了，他迅速地往廚房裏面一跳。

第二十章

用兩隻腳走路的貓

　　沒想到把一個鐵鍋碰落地上了。

　　曉星嚇得小心肝噗噗跳，糟了，如果屋裏有人的話，肯定會被發現。幸好隔壁巷子打椿的聲音太響，把這鐵鍋掉落的「哐哐哐」的聲響淹沒了。

　　曉星舒了口氣，走出了廚房。眼前是一條小走廊，可以見到走廊盡頭是一個客廳。他探探頭看看沒有人，才走了進去。

　　客廳的家具挺陳舊的，還蒙了很多灰塵，相信是住的人很少打掃。客廳左邊有兩個房門，其中一個關着，一個虛掩着。曉星走到虛掩着的那個房間門口，用爪子把門再推開一點點，見到裏面一張牀上，躺着一個人。曉星仔細看了看，那是個中年男人，看上去睡得很熟。

　　曉星突然雙眼圓睜，這張臉好熟悉啊，不就是那

個⋯⋯那個朱地國的偷貓賊阿來嗎 ?! 在朱地國作案還不夠，竟然又跑到我們烏莎努爾來害貓，這回不把你們繩之於法我就枉為貓！

曉星很想伸出爪子抓那張可惡的臉一把，讓他記住教訓，以後不再偷貓。不過他知道不能打草驚蛇，如果把他弄醒了，自己就沒法救貓了。

按下心中怒火，曉星把門關上，轉頭去尋貓。樓下找了一圈沒找到，他就上了二樓，客廳裏有一道樓梯可以直接上二樓的，曉星撒開四條腿啪啪啪跑上樓梯，這時他已經隱約感受到貓的氣息。上到二樓，甚至可以透過嘈吵的打樁聲音，聽到貓叫了。

曉星一陣驚喜，終於找到你們了！

當曉星緩緩推開一個房門時，屋裏頓時熱鬧起來了，幾十把聲音一齊發出喵喵的聲音。其中一把特別尖特別大，「喵嗚～～喵嗚～～」，正是小毛球！

這小傢伙一早跑出宮門，想找牠的小粉絲玩，沒想到遇上兩個偷貓賊，被逮到這裏。心中害怕時，牠無比想念貓哥哥，幻想着某一刻貓哥哥腳踏祥雲，威風凜凜地從天而降，背起牠把牠救走。沒想到，願望

真的成真，看，貓哥哥果然來了，來救自己了！

小毛球不禁從籠子裏伸出手，像招財貓那樣朝貓哥哥招着。

「蠢傢伙！」曉星見到小毛球，這才放了心。

沒顧得上管那蠢傢伙，曉星就開始尋找逃走途徑。房間有窗，但離地面太高了，如果跳下去不知能不能保住貓命。只能從樓下打開大門走了。

曉星打開鐵籠子的門，朝裏面的貓大喊一聲：「喵喵喵」！意思是跟我走。看來偷貓賊剛開始犯案，偷到的貓並不多，大約有四五十隻左右。曉星一打開門，裏面的貓就爭先恐後跑了出來，牠們不知是聽懂了曉星的話，還是本能地覺得跟着這隻貓就能逃出去，反正一隻二隻跟着曉星，朝樓下跑去。

「阿來，貓逃了，快來抓啊！」突然響起一把女人的尖叫聲。

原來是女貓賊詹妮。她半夜和同伙出去偷貓，剛剛才回來睡下，但很快就被惡夢嚇醒了，夢中她被千百隻張牙舞爪的貓貓襲擊、追打，醒來心噗噗亂跳，再也睡不着，便起身去拿安眠藥吃。沒想到水壺

沒水，就走進廚房用煤氣爐燒開水。才打開火，就聽到外面一片嗷嗷聲，看到一大羣貓一窩蜂從樓上跑下，不禁驚叫起來。

阿來從房間裏衝了出來，見了大驚，和詹妮一起朝貓咪們衝了過去，還拿東西去砸牠們。貓咪們噢噢叫着四散奔逃。

曉星慌了，得趕快打開門逃出去，不然準得被偷貓賊抓回籠子裏。

但是門鎖有點高啊，曉星怎麼跳也跳不到那個高度，更談不上打開了。正在惶惑時，見到一隻大手朝他抓來，是阿來！他只好慌忙逃竄。

慌忙間逃到了廚房，阿來追了進來，曉星一急之下，躥上了灶台。灶台上正燒着水，阿來伸手去捉曉星時，不小心抓到水煲上，把水煲撞到地上了。阿來手和腳都被燙到了，痛得他哇哇大叫。

曉星回頭朝他扮了個鬼臉，阿來一氣之下，順手抓起一疊廚房用的抹手紙，朝曉星扔去。

曉星一閃躲過了，抹手紙散落在煤氣爐上，燒了起來。很快把上面吊着的廚櫃也燒着了。

阿來嚇壞了，急忙跑出廚房，對還在追貓的詹妮喊道：「快跑，着火了！」

阿來打開大門，跑了出去，詹妮也跟着跑出去了。貓們正被偷貓賊追到氣喘吁吁，見到門開了，便嗷嗷叫着，逃了出去。

這時廚房已經燒起來了，冒出滾滾濃煙，煙霧把客廳也籠罩了，曉星見到貓們已經跑了出去，正準備和等着他的小毛球一起離開，忽然聽到濃煙中發出微弱的貓叫聲。

咦，難道還有貓沒逃出去？

喵嗷！曉星朝小毛球吼了一聲，讓他先離開。見到小毛球沒反應，便一腳把牠朝大門方向揣了出去，然後轉身返回屋裏。

透過濃煙，曉星看到客廳的茶几下面躲着一隻小三色貓，牠正可憐地看過來。

小三色貓？！莫非是外面那隻大三色貓的孩子？怎麼這樣蠢，門開了都不逃。

曉星跑了過去，才發現三色貓軟趴趴地癱在地上，前爪和背上都有血，大概是剛才被偷貓賊的什麼

東西擲到，受傷了。

　　眼看廚房的火蔓延到客廳了，得趕快把三色貓帶出去，不然就變成烤貓了。

　　曉星把身子往三色貓身下拱去，想把牠背起來，無奈三色貓一下子又掉回地上了，牠受了傷一點力氣都沒有，根本沒辦法趴在他背上。

　　眼看火燒到身邊了，情急之下，曉星什麼都不顧了，他用兩隻前腳把三色貓托起，又「嘿」地一使勁，用兩隻後腿站了起來，他就像人一樣，朝大門走了出去。

這時外面已聚了很多鄰居，他們見到失火都跑來了，只是沒有救火工具，只好打電話報警，然後焦急地遠遠看着。

忽然，他們的眼睛睜大了，一個個目瞪口呆的。天哪，不會是出現幻覺了吧？眼前竟然出現了一隻用兩隻腳走路的貓，而他的兩隻手，噢，應該是兩隻前腳，竟然抱了一隻受傷的貓，像人走路一樣，從屋裏走了出來……

看着看着，他們真的出現幻覺了，那小小的一隻貓，變成了俠骨忠肝、頂天立地、氣壯山河、高大得讓他們仰視的救貓英雄……

一個最先清醒過來的鄰居，用手機把這奇景拍了下來。

這時，消防車來了，消防員驅趕着人羣：「大家讓讓，離遠點……」

趁着忙亂，曉星脫離了眾人的視線，把三色貓抱到樹下。

喵噢，一聲大叫，一隻大三色貓撲了過來……

曉星把小三色貓輕輕放到大三色貓的懷裏，大三

色貓擁着孩子，對曉星喵喵着，像是說着感激的話。

貓救出來了，火撲滅了，兩名偷貓賊被鄰居抓住了。屋子裏逃出來那麼多貓，這讓鄰居們想起了近日城中多宗貓咪失蹤案，所以沒讓這兩個可疑的租客跑掉，齊心合力把他們扭送到了警察局。

曉星轉身瀟灑地離開了。他嘴裏念着徐志摩的詩：「⋯⋯輕輕的我走了，正如我輕輕的來，我揮一揮衣袖，不帶走一片雲彩⋯⋯」

不過，他帶走了一隻小毛球。

第二十一章

全民寵貓

「曉星，這是你嗎？這真的是你嗎？好帥啊！」曉晴看着互聯網上那張相片，嘴巴張得大大的。

當然是我！曉星甩甩尾巴，驕傲地挺起了胸膛。

那位拍下曉星救貓英姿的鄰居，把照片發上了互聯網，網上頓時炸了，短短幾小時內有百多萬留言，大家驚訝之餘，把這用兩條腿走路、從火場中救出一隻三色貓的小貓命名為「超級貓」、「英雄貓」，曉星出名了！

而很快，人們又認出了這隻超級貓就是公主的貓——那隻在賑災大匯演中大顯身手的天才貓，一時間，曉星成了全民寵貓。

賴在皇宮門口不肯走的超級貓粉絲排隊排了十幾里路，來請超級貓做代言拍廣告的電話多得令嫣明苑的電話徹底癱瘓了……

全民掀起超級貓熱，曉星出門也得戴口罩戴黑眼鏡，掩蓋真面目。

成為全民偶像，可是曉星一向以來的願望啊！只是有點遺憾，這榮譽是給曉星貓，不是給小帥哥曉星的。

看着自己姊姊眼裏飛出的粉紅心心，曉星朝她嗷了一聲，又把小屁屁對着她扭了幾扭，跑掉了。

他跑到那棵石榴樹下，嗖嗖嗖爬了上去，在自己的寶座上坐了下來，他想一隻貓靜靜。

想想自己也不枉做貓一回了，數數看：幫助小朋友找爸爸、幫助救災籌款，還有解救了足足幾百條貓命。不是有句話叫「救人一命，勝造七級浮屠」嗎？自己救了幾百條貓命，已經可以造很多很多浮屠了！

另外，還捉到了兩名犯案纍纍的偷貓賊。兩名偷貓賊已被警察局拘留，他們對自己罪行供認不諱。原來，他們在朱地國從事偷貓、販貓的勾當已經很多年了，之前在交貨時刻貓被曉星放走了，他們沒法向買方交待，便冒險來到烏莎努爾偷貓，還臨時租了花果山巷的一間民居做藏貓的地點。

烏莎努爾的貓貓一向備受保護，生活幸福安定，所以全無危機意識，被他們小小哄一下便上當受騙。本想再呆半個月，湊夠兩百隻貓便離開，沒想到被曉星發現，抓到的貓全部逃掉不算，還落入了法網。

　　自己做貓一場，已無遺憾，眼下要操心的事情，就是趕緊變回人。

　　明天就是原計劃從朱地國回烏莎努爾的日子，要是到時自己沒有出現，兩個姐姐和萬卡哥哥一定擔心死了。

　　怎麼辦呢！曉星從早上愁到夜晚，直到睏得睜不開眼，迷迷糊糊跑回自己做人時住的房間，跳上牀，鬱悶無比地入睡了。

　　一夜做夢，夢到自己徹底變成了一隻貓，還跟一隻貓女孩結婚，生了一大堆小貓。小貓長大了，又各自生了一堆貓，於是他一天到晚被一羣小毛球圍着，聽着他們叫嚷「爸爸」、「爺爺」、「太爺爺」、「祖爺爺」……就這樣子子孫孫的生呀生的，終於有一天，他被成千上萬隻小貓後代圍着、喊着，他高興得哈哈大笑，笑呀笑呀笑醒了。

窗外晨光明媚，他發現自己只是做了個夢，這才鬆了口氣。牀頭的定時小鬧鐘響了起來，之前他每天都這時候起牀的。鬧鐘奏的是他喜歡的動畫片的主題曲《我是一隻羊》：

「喜羊羊，美羊羊，懶羊羊，沸羊羊，

慢羊羊，軟綿綿，紅太狼，灰太狼，

別看我只是一隻羊，

綠草因為我變得更香，

天空因為我變得更藍……」

曉星的心情因這首歌變得愉快起來，車到山前必有路，會有辦法的，自己不會永遠做貓的。於是，他伸出舌頭舔舐自己的爪子，再用濕潤的爪子去搓臉。

自從成為貓以後，他漸漸適應了貓的日常習慣，每天起牀都會這樣給自己洗臉。他用舌頭舔呀舔呀做得很認真，連房門被打開，小嵐和曉晴走進來都沒發現。

「曉星？你……」小嵐見到曉星嚇了一跳，心想這小孩是什麼時候從朱地國回來的，他不是預訂了下午的班機嗎？但一看到他正在做的事就更是吃驚。她

看了曉晴一眼，發現對方跟自己一樣，也是一臉的錯愕。

曉星發現了兩個姐姐，便住了手，他很奇怪姐姐們的表情。幹嘛呀，沒見過貓洗臉嗎？

他朝兩姐姐扔了一個大白眼，然後又伸出舌頭舔手。咦，他突然愣住了，眼前的手有着五根指頭，而不是肉肉的貓爪子。愣了愣，他又小心地用手摸摸臉、鼻子、嘴巴、眼睛、耳朵，這分明是一張人臉啊！

「噉！」曉星意識到了什麼，他大叫一聲，拿過牀邊的鏡子一照，啊，那個英俊瀟灑、玉樹臨風的曉星回來了，「啊，我變回人了，我變回人了！哈哈哈哈……」

曉星又是跳又是叫的，好一會才安靜下來，看着目瞪口呆的姐姐們：「小嵐姐姐，曉晴姊姊，我剛經歷了一場奇遇……」

其實，小嵐和曉晴看看眼前情景，又回想這段時間發生的一切，大體也猜到發生了什麼，只是她們都不明白，怎麼會有這麼詭異的事情發生在曉星身上。

「姐姐，真是好驚險，好刺激啊！」曉星一五一十講述了自己之前經歷的事情，把小嵐和曉晴兩人弄得一愣一愣的。

　　曉星的「貓咪生涯」終於結束了。不過，有兩件事他始終不明白，為什麼自己會變成貓？為什麼又突然變回了人？

　　這個連天下事難不倒的小嵐也都想不通。

　　不過，相信小讀者一定都知道發生了什麼事，因為答案就在本書的第二章呢！連絕頂聰明的小嵐都想不明白的事，你們卻一清二楚，是不是很有成就感呀！

公主傳奇28

曉星貓的大冒險

作　　者：馬翠蘿

繪　　畫：滿丫丫

責任編輯：龐頌恩

美術設計：陳雅琳

出　　版：新雅文化事業有限公司

　　　　　香港英皇道499號北角工業大廈18樓

　　　　　電話：（852）2138 7998

　　　　　傳真：（852）2597 4003

　　　　　網址：http://www.sunya.com.hk

　　　　　電郵：marketing@sunya.com.hk

發　　行：香港聯合書刊物流有限公司

　　　　　香港新界大埔汀麗路 36 號中華商務印刷大廈 3 字樓

　　　　　電話：（852）2150 2100

　　　　　傳真：（852）2407 3062

　　　　　電郵：info@suplogistics.com.hk

印　　刷：中華商務彩色印刷有限公司

　　　　　香港新界大埔汀麗路 36 號

版　　次：二〇二〇年六月初版

ISBN：978-962-08-7523-6